「俺もクズだが悪いのはお前らだ！」

PRESENTED BY
LEONAR D
レオナール D
ILLUSTRATION tef

I'M BASTARD BUT YOU'RE WORSE.

TERS
サクヤ
黒髪黒目が特徴的な、
極東出身のメイド。非常に身軽。
クラウン
ディンギルの密偵として働く、
裏社会に生きる詐欺師。
ディンギル・
マクスウェル
ランペルージ王国・東方辺境の
次期辺境伯であり、本作の主人公。
卓越した才能を持つが、女癖が非常に悪い。
エリザ
マクスウェル家に仕えるメイド。
ディンギルに絶対の忠誠を誓っている。

CHARAC
シャナ
帝国出身の冒険者。
達人の槍さばきでディンギルの命を狙う。
ザイル
王族を敬愛する謎の老紳士。
窮地に立つサリヴァンの助けとなる。
サリヴァン
ランペルージ王国の王太子。
外面は高潔だが、
傲慢な本性を隠し持つ。
セレナ
夢見がちなディンギルの婚約者。
サリヴァンと禁断の恋に落ちる。

1　婚約破棄は突然に

「ディンギル・マクスウェル！　貴様とセレナとの婚約を破棄させてもらう！」

「……はあ？」

とある昼下がりのことである。

ランペルージ王国、王都セイルーンにある国立学院。その中庭をのんびり歩いていた俺に、背後から突然そんな声がかけられた。振り返って声の主を見ると、そこには金色の髪をなびかせた見覚えのある男が立っている。

「……おやおや。これはサリヴァン王太子殿下《でんか》ではありませんか。突然、なんの話でしょうか？」

突拍子もない宣言をしたのは、この国の第一王子であるサリヴァン・ランペルージ王太子殿下。

つまり、俺達が住むランペルージ王国の次期国王である。

サリヴァンの後ろには、俺の婚約者であるセレナ・ノムスが身を隠すように立っていた。

小柄で可愛らしい我が婚約者は、小動物みたいに怯《おび》えた瞳《ひとみ》をこちらに向けながら、サリヴァンにぴったりと寄り添っている。

「失礼ながら、王太子殿下。私の婚約者に近づきすぎではありませんか？　相手のいる女性に密着するなど、紳士《しんし》のすることではないと思いますが」

「馬鹿な！　この期《ご》に及んでセレナの婚約者として振る舞うなど言語道断《ごんごどうだん》！　私の話を聞いていなかったのか！」

俺の言葉に、サリヴァンが目尻を吊り上げて怒鳴った。外面《そとづら》だけは秀麗《しゅうれい》な貴公子のように見える顔が怒りに歪《ゆが》んでいる。

昼休みということもあり、学院の中庭には大勢の生徒がいる。

ベンチに座って昼食を摂《と》り、友人と雑談をしていた彼らは今や、こちらの異様な雰囲気を察して好奇の目を向けていた。

俺は周囲の視線を気にしながら、サリヴァンに気づかれないようにそっと溜息をついて話す。

「話、とおっしゃいますと、私とセレナの婚約を破棄するという件でしょうか？」

「理解しているではないか！　私に何度も同じ話をさせる気だったのか！」

「……申し訳ありません。あまりに突拍子もない内容だったもので」

俺は肩をすくめた。

婚約破棄なんてどう考えても内々で済ませるべきデリケートな話題なのだが、ここまで耳目《じもく》を集めてしまったからには、隠蔽《いんぺい》は難しそうである。

「私とセレナの婚約についてですが、これは我がマクスウェル辺境伯家《へんきょうはくけ》とセレナの実家であるノムス男爵家《だんしゃくけ》との間で結ばれたものであるため、私の一存では破棄は承諾《しょうだく》しかねます。もちろん、この婚約に無関係な王族の方に口出しされる筋合いもないはずですが？」

「なんだと⁉　私とセレナが無関係なものか！」

ぐい、とサリヴァンは後ろにいたセレナの背を押して、肩を抱いてみせる。

王太子の突然の行動に、こちらを窺《うかが》っていた生徒達がざわついた。

（おいおい……マジでやってんのか？）

ありえない光景を目《ま》の当たりにして、俺は顔を引き攣《つ》らせた。

婚約破棄を受け入れるかどうかは別として、セレナはまだ俺の婚約者である。

他人の婚約者を軽々しく抱き寄せるなど、正気の沙汰《さた》とは思えなかった。

「私とセレナは結婚を前提に交際している！　貴様のような田舎貴族との約束事など、私達の真実の愛の前にはないも同然だ！　大人しく婚約破棄を受け入れろ！」

「田舎貴族……だと？」

確かにマクスウェル家の領地は、この国の東端に位置している。王都生まれ、王都育ちの王太子様からすれば、俺は田舎者に見えるだろう。

しかし、それはマクスウェル家が東の国境警備を任されるほど王家からの信頼が厚く、そして、国境を護りきれるだけの軍事力を有しているからである。

兵士の数こそ王都周辺を守る騎士団のほうが多いかもしれないが、一人一人の練度《れんど》は幾多《いくた》の実戦を潜《くぐ》り抜けたマクスウェル家の騎士団のほうが明らかに上だ。

マクスウェル家にケンカを売って得することなど、王家には一つとしてない。

そもそも、セレナの実家であるノムス家は、マクスウェル家とは寄子《よりこ》の関係にある。領地もすぐ隣で、うちが田舎貴族ならセレナも田舎貴族になってしまうのをわかって言っているのだろうか？

「ふう、当家への侮辱《ぶじょく》の言葉は聞かなかったことにしましょう。それで、殿下とセレナが交際、ですか？　それは事実でしょうか？」

「ふん、そうだと言っているだろう！　大人しく身を引くのだな！」

認めてしまった。こんな公衆の面前で。

王太子でありながら婚約者のいる娘に手を出すという意味を、サリヴァンは本当に理解しているのだろうか？

サリヴァンの行為は、臣下の婚約者を王家の権力を使って奪うことと同義。

それが他の貴族の信用を著しく損《そこ》なうことだとは考えられないのか？

「王太子殿下。失礼ですが、このことをマリアンヌ公爵令嬢《こうしゃくれいじょう》はご存知なのですか？」

俺が出したのはサリヴァンの婚約者の名前。

この国の宰相《さいしょう》であるロサイス公爵のご令嬢、マリアンヌ・ロサイスは、この国で最も高貴な令嬢である。貴族社会においては令嬢中の令嬢と称され、一目置かれる人物だ。

「ま、マリアンヌは……」

最初から強気だったサリヴァンが、初めて言葉を濁《にご》らせた。

それも当然だろう。マリアンヌ嬢は誇り高く、信義を重んじる女性である。サリヴァンの不貞《ふてい》を、ましてや臣下の婚約者を奪うなどという卑劣《ひれつ》な行為を許すわけがなかった。

「ひょっとして、セレナを側室にしたい、ということでしょうか？」

マリアンヌを正室に据《す》えて、セレナを側室に。それならば、わからなくもない。

この国には一夫多妻の制度はないが、王族や一部の貴族が子孫を残すために側室や愛人を囲うのは珍《めずら》しくない。マリアンヌ嬢がそれを認めるかどうかは別の話だが。

「サリヴァン様!?」

俺の言葉に反応したのは、サリヴァンではなく我が婚約者のセレナだった。

信じられないものを見るような目で見つめるセレナに、サリヴァンは慌てて弁解する。

「ち、違う！　私が愛しているのはセレナだけだ！」

「では、マリアンヌ嬢との婚約を破棄されるおつもりですか？　それが何を意味するか、理解していないわけではないでしょうね」

この国は地方分権の向きが強く、王家といえども絶対的な権力を持っているわけではない。

ランペルージ王家はあくまで貴族の代表――まとめ役のようなもので、実態は王というよりも盟《めい》主《しゅ》の立場に近い。

中央諸侯の筆頭であるロサイス公爵家と手を切るということは、王太子であるサリヴァンが王になる後ろ盾を失うことを意味する。

「と、当然だ！　私はマリアンヌとの婚約を破棄し、セレナと結婚することをここに宣言する！この国の次期王妃《おうひ》はここにいるセレナだ！」

どうやら、俺の想像以上にサリヴァンは愚《おろ》かだったようだ。

しかもロサイス公爵家を裏切っておいて、まだ王になれると思っている。

「……本気ですか、サリヴァン殿？」

あえて『王太子殿下』とは呼ぶことなく確認すると、サリヴァンはさらにヒートアップして叫ぶ。

「そもそも、私は前からあの女が気に喰わなかったのだ！　私に意見ばかりして、ここを直せだの、王太子として相応《ふさわ》しく振る舞えだの……偉そうに口うるさいことばかり言いおって！　王になるのは私なのだぞ⁉　公爵令嬢ごときが次期国王である私に指図するなど、何様のつもりだ！」

本人がいないからと、好き勝手なことを言いだした。

確かにマリアンヌ嬢はこの場にはいないが、聴衆の中には公爵家と付き合いのある者もいる。サリヴァンの発言は、確実にロサイス公爵とマリアンヌ嬢の耳に入るだろう。

「やれやれ……面倒になってきやがった」

サリヴァンに聞こえないように小さくつぶやく。

この王太子はもう少しデキる奴だと思っていたのだが、どうやら勘違いだったみたいだ。おそらく、マリアンヌ嬢が隣にいて要所要所でフォローしてきたからこそ、王太子として最低限の振る舞いができたのだろう。

真実の愛とやらのためにマリアンヌ嬢を捨てたこの男がどこまで落ちていくのか、見物《みもの》である。

「セレナ」

「っ！」

俺が名前を呼ぶと、それだけでセレナは震え上がってサリヴァンの背後に隠れてしまった。

彼女は昔からそうだった。いつもオドオドしていて自己主張しようとせず、俺が近づいても、すぐに怯えて逃げてしまう。

なるほど、確かに彼女はマリアンヌ嬢と正反対で、サリヴァンの好みとも合致するのだろう。

「本当に、これでいいのか。セレナ、これはお前が望んだことなのか？」

俺はセレナに最後のチャンスを与えた。

馬鹿と一緒に破滅するのか、それとも俺のもとに帰ってくるのか。彼女自身の意思で選ばせる。

「う……」

戸惑った顔で視線をさまよわせるセレナに、サリヴァンが後押しの言葉を発する。

「セレナ、言ってやれ！　大丈夫だ、私がついている！　あの男が何をしてきたとしても、この私がお前を守ってやる！」

「は、はい……」

サリヴァンに促《うなが》されて、セレナが意を決したように顔を上げた。

翠《みどり》色の美しい瞳が俺に向けられる。彼女とこうして目を合わせるのは随分と久しぶりな気がする。

「あの、その……わたし、ディンギル様のことが怖いんです。だって、ディンギル様はたくさんの人を殺したから……」

「…………」

たくさんの人を殺した。なるほど、それが理由か。

マクスウェル家は国境の守護者として、東方の他国からの侵攻を防ぎ続けてきた。

俺も五年前、十三歳のときに初陣《ういじん》を済ませてから、幾度も戦場に立って敵兵を手にかけている。

「お父様の言いつけで仕方なく貴方の婚約者になりましたけど、もう耐えられません。ディンギル様と一秒だって一緒にいたくないんです……お願いします、私を解放してください」

「わかったか、お前のような人殺しが可愛らしいセレナの婚約者など、おこがましいのだ。血まみれの両手でセレナを抱きしめる資格はない。殺人狂はさっさと領地に帰るのだな」

殺人狂。サリヴァンの放った言葉に、俺は怒りで肩を震わせる。

自分は幼い頃から戦場に立って戦い続けてきた。それは家を守るため、領地を守るため、そして、ランペルージ王国を守るためである。

血塗《ちぬ》られた両手を誇りに思うことはあっても、恥じたことは一度だってない。

(それを……この男は殺人狂と言いやがった！　これまで国境の貴族の奮闘《ふんとう》に守られていたくせに。自分自身は戦場に立ったこともない、ぬるま湯につかってきただけの腑抜《ふぬ》けのくせに！)

「……婚約破棄、ひとまず承知しました。後日、こちらから王家には連絡させていただきます」

腰に提《さ》げた剣に手が伸びそうになるのを必死に堪《こら》えて、俺はそれだけを口にした。

サリヴァンとセレナ、二人に背を向けて、俺は歩きだした。隠しきれずに滲《にじ》み出てしまった殺気に怯え、様子を見ていた学生達が自然に道を開けてくれる。

(抑えろ、ここでアレを斬ってもなんの得もない。こっちが加害者になっちまう。それに……どうせあの男は、すぐに破滅する)

ロサイス公爵家とマクスウェル辺境伯家。王国屈指《くっし》の力を持つ大貴族を敵に回して、あの男が無事で済むわけがない。

ここで剣を抜いて反逆者の汚名《おめい》を被《こうむ》ることだけは避けなければ。

「ディンギル様！　少しよろしいでしょうか！」

無言で歩く俺に、一人の学生が歩み寄ってきた。

俺よりも頭一つ低い背丈の少年、胸元の校章の色は彼が下級生だと示している。頭から生えたクセ毛は燃えるように赤く、気の強そうな瞳には見覚えがあった。

「お前は……確か、イフリータ家の次男坊だったな？」

「ラックです。ラック・イフリータ。お目にかかれて光栄です！」

「そうだ、ラッドの弟だったな。ラック、何か用か？」

俺が尋ねると、ラックは軽く周囲を見回して声を潜《ひそ》めた。

「東方辺境の名誉《めいよ》のために兵を挙げるのでしたら、どうか先陣はこのラック・イフリータにお任せください。イフリータ家の名に懸けて、あの愚昧《ぐまい》な王子の首をとってご覧に入れます」

イフリータ子爵《ししゃく》家はマクスウェル麾下《きか》の家の中でも、特に武闘派として知られている家である。

彼の忠誠心に感心しつつ、俺は血気盛んな後輩を諌《いさ》めた。

「見事な忠義だ。しかし、挙兵するつもりはない……今はまだ、な。どうせあのアホはほっといても破滅するだろう」

「わかりました……ですが、そのときが来ましたら、どうかお申し付けください。それで、ディンギル様。これからどのようにするおつもりですか？」

ラックの言葉に、俺は少し考えてから口を開いた。

「ひとまず領地に戻ることにする。父を通じて、正式に王家へ抗議しなければいけないしな。王が誠実に対処してくれるならばそれでよし。もしもあのアホを庇《かば》い立てするようなら……お前達に存分に働いてもらうとしよう」

「はっ、お任せください！　学院でのことは逐一《ちくいち》、報告させていただきます。どうぞゆるりとご帰省ください！」

「任せた。有能な寄子を持って幸せだよ」

捨てる神あれば拾う神あり。婚約者を失ったと思ったら、代わりに有能な手下を見つけた。

ラックの肩を叩いて労《ねぎら》うと、赤毛の後輩は頬《ほお》を紅潮させた。

「こ、光栄です！　俺、じゃなくて、自分は、五年前の帝国との戦いでのディンギル様のご活躍を兄から聞いて、それからずっとあなたの武勇に憧《あこが》れていて……」

「お、おう？」

そこから学院の門を潜《くぐ》るまで、俺は延々とラックから称賛の言葉を浴びせられることになった。

本日の経験から学んだことであるが、どうやら悪意から来る言葉も好意から来る言葉も、どちらも度が過ぎれば同じくらい人の心を疲労させるらしい。

色々な意味で疲れ切った俺は、嘆息しながらその日のうちに荷物をまとめて、王都から立ち去ったのであった。

2　事後処理はベッドの中で

無事に領地へと帰りついた俺は、すぐに父に事の顚末《てんまつ》を報告して、国王陛下とノムス男爵に抗議の手紙を書いた。

国王陛下は学院での騒ぎの報告をすでに受けていたらしく、即座に謝罪の手紙を送ってきた。十分な額の謝罪金も支払われ、王家の誠意ある対応により、とりあえずは一件落着である。

セレナの父親であるノムス男爵は娘と王太子との関係についてまったく知らなかったそうで、聞くところによれば俺が送った手紙を読むやいなや、泡を吹いて卒倒してしまったのだとか。

「も、申し訳ありませんでしたーーーーー‼」

後日、マクスウェル家の屋敷に来た男爵は、謝罪とともに見事な土下座を決めてくれた。

一切のプライドを捨て、床がへこむんじゃないかとばかりに頭を打ちつけていた姿は今でも思い出せる。その土下座の美しさときたら、思わず褒《ほ》め称《たた》えそうになったほどである。

ちなみに、サリヴァンとセレナは俺に婚約破棄を突きつけてから、その足でマリアンヌ嬢のもとにも行ったらしい。

王太子はマリアンヌ嬢に対して、セレナを苛《いじ》めていたとか、公爵家の権力を使って学院を牛耳《ぎゅうじ》っていたとか、敵国と通じていたとか。なんの証拠もない罪で断罪しようとした。

しかし、そんな言いがかりがマリアンヌ嬢に通用するわけもなく……

正論をもって一切の言い分を切り捨てられ、サリヴァンは逆に不貞を激しく糾弾《きゅうだん》されてしまったらしい。その鮮やかな反論は、学院の生徒の間で長く語り草になったとか、ならなかったとか。

結果、王太子は一連の騒動全ての責任を負い、王籍から臣籍に格下げとなった。

「ま、自業自得だよな」

俺は実家のベッドに横になりながら、王都にいるラック・イフリータから送られてきた報告書に目を通していた。以上の情報はこの報告書からもたらされたものである。

一方的な婚約破棄から一ヵ月——俺は学院を中退して領地の屋敷に戻ってきていた。

いくら騒動の責任が全て王太子にあるといっても、自分が他の生徒達から好奇の目を向けられることは避けられない。

もともと通いたくて通っていた学院でもないし、このまま領地にこもって次期辺境伯として父の仕事の手助けをするつもりである。

終わったあとだから言えることだが、あの婚約破棄がマクスウェル家にもたらしたものは決して悪いことばかりではなかった。

王家からは多額の賠償金を頂戴したし、ノムス家からはセレナとの結婚を前提に渡していた援助金の返済と、もともとあったマクスウェル家の借金の利子を割り増しさせてもらったし。

「何より、セレナと結婚せずに済んだのが大きいな。うん」

「あら、セレナ様のこと、お嫌いだったのですか？」

そんな風に尋ねてきたのは、俺と一緒のベッドに寝ている女である。

一糸まとわぬ姿で横たわる彼女の名前はエリザ。辺境伯家に長年仕《つか》えている陪臣《ばいしん》の家の娘で、俺が小さかった頃には養育係でもあった。

五つ年上の彼女は、年々大人の色気が増してきた女体を存分にさらしながら、俺の胸に頭を預けて書類を覗《のぞ》き込んでくる。

「んー、可愛い娘だったし、俺の手で女にしてやりたいと思ってたけどな。でも、それ以上に面倒くさそうだったからなあ。泣き虫だし、辺境伯家の妻としてはか弱すぎる。苛めがいはあったかもしれないけどな」

「ひどい人ですね。坊ちゃま、私はあなたをそんな風に育てた覚えはないのですけど」

「育ててもらったとも。俺に女を教えたのはお前だろう？」

俺とエリザがこういう関係になったのは、今から五年前。俺が初陣に出た直後のことである。

初めて命懸けの戦場に出て戦果を挙げた俺は、凱旋《がいせん》してからも気の昂《たか》ぶりを抑えることができず、勢いに任せてエリザを襲ってしまったのだ。

最初こそ抵抗したエリザであったが、最後には受け入れてくれて、俺は十三歳にして初体験を済ませたのであった。

以来、彼女との関係は続いており、領地に戻ってきてからは毎晩のように身体を重ねている。

「坊ちゃまったら、昔はあんなに可愛かったのに。今ではこんなに性悪《しょうわる》になってしまわれて……養育係として責任を感じますわ」

「おいおい、見ての通り立派な男に育ったんだから、誇りに思ってくれよ」

俺は苦笑して肩をすくめた。

それに、立派に育ったのは俺だけではない――エリザの豊満なバストを眺めながらそんなことを考える。

「それにしても、ノムス男爵は気の毒だな。不貞を働いていたのはお互い様なのに、無能のサリヴァンのせいで一方的に割を食うことになっちまったわけだし。俺が浮気しまくっていることを理由に婚約破棄してりゃ、逆にこっちから金を巻き上げられたのにな」

「坊ちゃまと私達の関係に気がついていなかったのでは？」

「んー……セレナはともかく、男爵が知らないということはないだろ。王都でも色街には何度か行ってたし、隠すつもりもなかったからな。まあ、複数の女を囲うのは貴族としては珍しくもないから、知らないふりをしていたのだろうが……いずれにせよ、サリヴァンが少しでも知恵を働かせて、先にノムス家に話をつけに行ってたら、歴史は変わっていたかもしれん」

「色街の話は聞いてませんよ……悪びれもせず私に言うなんて、本当にひどいお方ですこと」

エリザが拗《す》ねたように言って、俺の胸をつねってくる。

色気のある大人の女がした可愛らしい振る舞いに、頬が緩んでしまう。

「嫉妬《しっと》させたいんだよ。惚《ほ》れた女のいろんな顔を見たがるのが男というもんだ」

「あら、調子がいいですこと……まったく、坊ちゃまの女癖の悪さは学院に入っても直らなかったのですね。入学手続きをした旦那《だんな》様もお嘆きになりますわ」

「ふん、矯正《きょうせい》したくて学院に放り込んだんなら、ざまあない話だ。こんなことになっちまうなんて、親父もさぞや頭を痛めてるだろうよ」

婚約破棄の一件を伝えたときの親父の反応を思い出して、俺は苦笑する。

辺境伯である親父は俺とはまるで性格が違い、厳格で真面目な人格者であった。

いつもの調子であれば数時間コースのお説教が始まるだろうと覚悟していたのだが、報告を聞いた親父の反応は、まるで違うものであった。

『……もう勝手にしろ。私は知らん』

疲れたように言って、椅子に崩れるように座りこんでいた。

意気消沈した親父の様子には、さすがの俺も心を痛めたものである。

「……それはそれとして、あの王子様にはきちんと責任を取ってもらわないとな」

「あら？　確か廃嫡《はいちゃく》されて臣籍降下したのですよね？　もう罰は受けたのでは？」

エリザが小首を傾げた。

「ああ、確かに王家からの罰は受けたみたいだけど、そりゃあくまでも王太子としての責任だろう？　男としての、俺に対するけじめはまったくもってついちゃいない。マクスウェル家を侮辱した罪は残ったままだ。先にケンカを売ってきたのはあっちだからな。これから勘弁してくれと泣くまで可愛がってやるさ」

サリヴァンは王族としての道は破滅したかもしれないが、あの男に相応しい罰ではない。侯爵なり伯爵なりになって悠々自適に暮らす……そんなことなど、あの男にさせるものか。

「俺の女を寝取ったあげく、戦場で戦う兵士達の誇りを侮辱するようなことまで言いやがったんだ。自分が誰を敵に回したのかを教えてやらなきゃ気が済まない。せいぜい今のうちに平穏を味わっておくといいさ」

「……怖い人ですね、坊ちゃまは」

エリザはそれだけ言って、俺に口づけをした。そして激しく舌と舌を交え、そのまま覆《おお》い被さってくる。

長い付き合いであるエリザにはわかっているのだろう。俺が戦いの前にどれだけ昂ぶるか、その昂ぶりからどれだけ女を求めるか。

「受け止めてくれ……」

「はい、坊ちゃま——んっ……」

俺はエリザと身体の上下を入れ替え、初めて抱いたときより成熟した彼女の女体を激しく求めた。


結局、俺の欲望は翌日の昼近くまで収まることはなかった。

朝を迎える頃には叫び続けたエリザがベッドに突《つ》っ伏《ぷ》して動かなくなってしまったため、朝食に呼びに来た新米の侍女《じじょ》を代わりにベッドへ引きずり込む。

哀れな悲鳴を上げる処女《おとめ》の身体をまさぐりながら、年下も悪くないなとのんびり思うのであった。

3　放蕩《ほうとう》息子の暗躍

【side　マクスウェル辺境伯】
「……ディンはまだ起きてこないのか」

「はあ……昨晩は随分とお楽しみのようでしたから」

マクスウェル家に仕えている家令の男が、困ったように答えた。

その答えを聞いて、私はこみ上げてきた頭痛を堪《こら》えるべく指先でこめかみを押さえる。

私の名前はディートリッヒ・マクスウェル。ランペルージ王国東端の国境を領地に預かる辺境伯である。

国境を領地に持つ貴族というのは、気苦労が多い。常に敵国の侵攻に備えなければならないし、他国から流れ来るならず者や、逆に国外へ逃亡しようとする犯罪者にも目を光らせる必要がある。

また、マクスウェル家は東方にいる貴族の盟主。貴族間のトラブルを仲裁《ちゅうさい》したり、場合によっては地方貴族の利益のために王家や中央貴族と駆け引きしたりしなければならない。

しかし、現在の私が抱えている最大の悩みは、息子であるディンギル・マクスウェルの素行《そこう》についてである。

「こっちに戻ってきてから毎日だな……二年も学院に通っていたのに、まるで女癖が直っていないではないか」

息子が王太子殿下とノムス男爵令嬢から婚約破棄を言い渡され、領地に戻ってきたのは一ヵ月前のことである。

さすがに落ち込んでいるだろうと思ったのも束《つか》の間。息子はその日の夜には以前から関係のあった侍女を部屋に連れ込み、それはもう筆舌《ひっぜつ》に尽くしがたいような乱痴気《らんちき》騒ぎを始めたのであった。

「はあ、なんと言いますか……申し訳ありません、うちの娘が」

家令の男がそう言い、頭を下げた。

「いや、お前が悪いわけではないが……ううむ、こっちこそ、すまん」

「いえ……」

私の謝罪に、家令はなんとも言えない表情をする。

息子には愛人が複数いるようだが、その筆頭格ともいうべき女性は目の前にいる家令の娘、エリザだ。

手塩にかけて育てた一人娘が主人の息子と寝ているというのは、果たして父親としてどんな気持ちなのだろうか。さすがに恐ろしいので聞いたことはない。

「ディンギル坊ちゃまは、なんと言いますか、英雄気質ですからな。一人の女で満足できる器《うつわ》ではないのでしょう」

「英雄、色を好む、か……そう言えば聞こえはいいが……」

「……親としては気苦労が絶《た》えませんか」

「うむ……あれで無能であれば、喜んで除籍できるのだがな」

私は眉間《みけん》に皺《しわ》を寄せ、大きく溜息をついた。

息子――ディンギルは放蕩者である。しかし、無能かと訊《き》かれれば、首を横に振るしかない。

ディンギルは幼い頃から優秀だった。政治や経済、軍事に関する覚えはよかったし、武術にいたっては指南役から百年に一人の才の持ち主とまで評された。

家臣からの人望も厚く、麾下の貴族の子供達からはよき兄貴分として慕われていた。

五年前――十三歳のとき、隣国との小競《こぜ》り合いで初陣を果たした際も、少数の手勢を率いて敵部隊に奇襲を仕掛け、大将首をあげるというとんでもないことをやってのけた。

天才、鬼才、麒麟児《きりんじ》、そして、英雄――そんな言葉は息子のためにあると、親の欲目を抜きにしても思ってしまう。

そんな優秀極まる息子が唯一馬鹿になってしまうのは、女性関係である。

ディンギルは十三歳のときに家令の娘エリザと情を通じて女を知り、以来、そればかりを追いかけるようになってしまった。

今ではエリザをはじめとする、屋敷で働いている若い侍女のほとんどにディンギルの手がついている始末。侍女に身の回りの世話をされる身としては、気まずいことこの上ない。

本当は叱《しか》ってやりたいところなのだが、たちの悪いことに、ディンギルは女に使う金を全て自分で工面《くめん》していた。

小遣《こづか》いとして与えた金を元手に事業を興《おこ》して他の貴族家との間で商売を始め、五年経った今ではマクスウェル家の外交収入を二倍近くまで高めてみせた。

(確実に結果を出すのだからなおさらたちが悪い……これでは怒るに怒れんではないか)

「女狂いさえ直れば、いつでも、安心して当主の椅子を譲れるのだがな……」

「ディンギル様は優秀でございますから。そういえば、学院で知り合ったご友人とも新しく取引を始めたそうですよ?」

「……そうか、遊んでいたように見えて、学院で人脈作りはしていたのか。一応、貴族としての役割は理解していたのだな」

「ええ。ただ、週に一度は色街に顔を出していたそうですから、遊んでいたのも間違いありませんが」

「………………」

はあ、と何度目になるかわからない溜息をつき、私は机に突っ伏した。

息子が馬鹿だと無論苦労するし、優秀すぎてもまた別の意味で苦労する。優秀かつ馬鹿であるならば言うまでもない。

「まあ、それはいい。百歩譲って……千歩譲って、いいとしておこう……それで、話は変わるが、あれからノムスの娘はどうなった?」

現実逃避も兼《か》ねて、私は話題を切り替えた。

マクスウェル家の寄子であるノムス男爵、その娘であるセレナは、息子の婚約者であった。

セレナのほうから婚約破棄を言い渡したと聞いたときには、とうとう息子の女癖の悪さがばれたのかと冷や汗をかいたものだが……まさか向こうが不貞を働いており、しかもその相手が王太子だったと、誰が予想できようか。

大人しそうに見えて王太子をたらし込んでいたとは、あの娘への評価を見直さなければなるまい。

「ノムス男爵様も処遇を決めかねているようです。なにせ、公衆の面前で王太子殿下……いえ、元・王太子殿下との婚約を発表したのですから」

「ふむ……関係がどこまで深いのかはわからぬが、ヘタをすれば王家の血を引く子を孕《はら》んでいる可能性もあるな」

「そうなれば……政争の元ですな」

あの婚約破棄騒動により、王太子であるサリヴァンは廃嫡されることになった。

もともとサリヴァンは長子だが母親の身分は高くなく、ロサイス公爵家の後ろ盾がなければ次期国王になれるような立場ではない。そのロサイス家を侮辱する真似をすれば、こういった処分が下されるのは当然である。

いわんや、セレナの運命など風前《ふうぜん》の灯火《ともしび》だろう。王家に叛意《はんい》を持つ者に利用されるか、そうなる前に始末されるか、明るい未来があるとは思えなかった。

「せめて内々で行われたことならば、揉み消すこともできたのだが。公衆の面前で婚約破棄などというデリケートな話題を出してくるとは、そこまで愚かな男とは思わなかった」

「王太子とはいえ、しょせんは男ですからな。女が絡めば馬鹿にもなりましょう。どこかの誰かと一緒ですよ」

「……嫌味か？」

「まさか」

しばし家令と無言で目を合わせたあと、私はゆっくりと首を縦に振った。

「……まあ、そうだな。私も男爵も国王陛下も、子供の育て方を間違えたらしい。幸い、うちのは馬鹿は馬鹿でも分別《ふんべつ》をわきまえた馬鹿だ。そこだけは助かったと思わねばなるまい」

「さようでございますね……ふう」

「はあ……」

家令と二人で愚痴《ぐち》を言い合っていると、ガチャリと執務室の扉が開いた。辺境伯の執務室をノックもせずに開ける人物など、この屋敷には一人しかいない。

「よお、親父。おはようさん。ちょっと話があるんだけどいいよな？」

「…………」

「…………」

案の定、女狂いの馬鹿息子である。

私と家令は顔を見合わせ、ほぼ同時に苦々しい表情を浮かべた。

「なんだよ、二人して。俺の悪口でも言ってたか？」

「……悪口を言われる心当たりがあるのか？」

「ないな。俺はいつだって清廉潔白《せいれんけっぱく》だからな」

「そうは言いますが、お身体は随分《ずいぶん》と汚れているようでございますね？　昨夜はお楽しみだったみたいで何よりです」

「嫌味を言うなよ。湯浴みぐらいはしているさ」

そろそろ黙れ、馬鹿息子。家令が殺人的な目で睨《にら》んでるぞ。いっそのこと刺されてしまえ。

思わずそんなことを考えてしまったが、とりあえず用件を聞くことにした。

「それで、なんの用だ？　まさか私の仕事を手伝いに来たわけではあるまい？」

「仕事？　西部地域の灌漑《かんがい》だったらもう業者を手配しといたぜ？　ゼス村に出没した盗賊の件には討伐隊を出しておいたし、東の砦《とりで》への視察だったら明日の朝に出る予定だから心配いらない。ああ、シルフィス子爵領で暴れ回っている馬賊《ばぞく》の件は、俺に考えがあるから任せてくれ。近日中に処理しとく」

「………………お前はとんだ馬鹿息子だよ」

本当に、無能ではないからたちが悪い。息子の優秀さに悩まされるのは、私くらいのものだろう。

「……まあいい。それじゃあ、本当に何をしに来た？」

「ちょいと親父にお願いがあってね。ほい」

「む？」

息子が一通の書簡を手渡してきた。

封はしていないので中身を取り出して目を通すと、奇妙な内容が書かれている。

「これは……」

「そいつを親父の名前で送っといてくれ。国王陛下にな」

「お前、何を考えている？」

息子の顔を見ると、いたずらっ子のような笑みを浮かべている。初陣で敵将の首をぶら下げてきたときと同じ顔である。

こいつがこんな顔をするときはろくなことが起きないと、この十八年間で嫌というほど学習した。

「元・王太子様にも、元・婚約者殿にも、少し痛い目を見てもらいたくてね。なーに、ちょっとした嫌がらせさ」

「むう……」

「俺が帰ってきたとき、好きにしろって言ったのは親父だぜ？　言われた通りに好きにするさ」

私は再度、手紙に視線を落とし、再び襲ってきた頭痛のために頭を抱えた。

○　○　○

サリヴァン王太子が廃嫡され、一連の婚約破棄騒動が収束してから数日後。

ランペルージ王家に、マクスウェル辺境伯家から一通の手紙が届いた。

その手紙には、短い文章でこう書かれていた。

『サリヴァン殿下の、ノムス男爵家への婿入《むこい》りを心から祝福する』

4　嫌がらせの祝福

【side　ロサイス公爵】

（マクスウェルの子倅《こせがれ》め、また面倒事を……）

ランペルージ王国王都、その王城にある国王の執務室にて。

私、ロサイス公爵家当主、バルト・ロサイスは、マクスウェル家から届けられた書状に目を通して、思わず心の中でそうつぶやいた。

『サリヴァン殿下の、ノムス男爵家への婿入りを心から祝福する』

祝福――といっているが、実際のところ、これは脅迫の言葉である。

この短い文章の陰《かげ》に潜む強烈な悪意は、宰相である自分が感心するほどに悪辣《あくらつ》だった。

今からおよそ一ヵ月前、愛娘《まなむすめ》のマリアンヌ・ロサイスは、王太子であるサリヴァンから婚約破棄を言い渡された。理由は他に好きな女ができたからという、なんとも子供じみたものである。

そして、この手紙の送り主であるディンギル・マクスウェルこそが、サリヴァンの浮気相手、セレナ・ノムスの婚約者。

今回の婚約破棄の全ての責任は、サリヴァンにあった。

サリヴァンはひたすら真実の愛がどうとか、マリアンヌがいかに自分の婚約者として不適格かをみっともなく言い連《つら》ねていたらしい。

しかし、そもそも婚約者がいる身でありながら、他の女に手を出した奴が一番悪いに決まっている。ましてや、サリヴァンが手を出した娘にも別の婚約者がいたのだ。

いかにあの間抜けな王太子が自分勝手な言い訳を重ねようが、臣下の婚約者を王家の力で寝取った最低男という評判は覆《くつがえ》らない。

「の、のう、宰相。これは……どうにかならぬのか？」

憐《あわ》れになるほど弱気な声を上げたのは、執務室の主――国の最高権力者である国王陛下だった。

王という地位に似つかわしくないほど気弱な老人には二人の王子がいるが、特に長男のサリヴァンのことを溺愛《できあい》していた。今もサリヴァンの未来を案じてすがるような目で私を見つめてくる。

この国の国王であるザルーシャ・ランペルージは、一国の王としてはあまりにも平凡な男だった。

武王を名乗れるほどの勇敢さはなく、賢王を名乗れるほどの知恵もない。唯一の取り柄《とえ》といえるのは、この王が自分の凡庸《ぼんよう》さを理解していることだろう。

政治においても軍事においても決して我を通さず、周囲の意見をきちんと聞くことができる器量だけは持っている。

（まあ、優柔不断で一人で決断できないだけ、とも言えるのだがな）

心中で辛口の評価を下しつつ、私は王の質問に答える。

「どうにもなりませんな。今回の被害者であるマクスウェルが『ノムス男爵家への婿入りを心から祝福する』と要求しているのです。こうなってしまったら、サリヴァン殿下にはノムス家に婿入りしてもらわねばなりますまい」

胸中はどうあれ、表向きには被害者側が譲っているというのに、それを無下《むげ》にできるわけがない。

「し、しかし、それでは……」

おどおどと縮《ちぢ》こまる国王。

サリヴァンがノムス男爵家に婿入りする――これがどれだけ恐ろしい罰であるか、さすがにこの平凡な王も気づいているようだ。

男爵家は、貴族といっても限りなく平民に近い家柄である。領地も村を一つか二つ持っているくらいで、税収などあってないようなものだ。

当然、彼らの生活は裕福なものではない。生まれてからずっと王族として不自由のない暮らしをしてきたサリヴァンが、そこに婿入りして耐えられるとはとても思えなかった。

ましてやノムスはマクスウェルの寄子にあたる家であり、借金までしているのだ。マクスウェルからの命令には、ほぼ逆らえない立場である。紛争《ふんそう》の際は最前線に送られることだってあるだろう。

婚約者を寝取ったことで恨みを買った相手の下につき、生涯《しょうがい》をかけていびられ続けなければならない。これほど恐ろしい罰が果たしてあるだろうか。

国王がまだ何か言いたそうだったので「どうぞ」と先を促すと、ぼそぼそと話しだす。

「う、うむ……わかっておる。マクスウェルの言い分はわかっておるのだ……しかし、これはいくらなんでもあんまりではないか。王家の人間が男爵家に婿入りするなど、これほどの屈辱はあるまい。サリヴァンはすでに廃嫡という罰を受けている……それなのに、どうしてあの子がこんな目に遭《あ》わねばならないのだ？」

「……罰が不十分、ということかと。少なくとも、マクスウェルはそう思っているようですな」

（無論、我がロサイス家としても同意見だがな）

マクスウェル家に送った謝罪の手紙では、サリヴァンに厳罰を与えると伝えていた。しかし、この気弱で優しい国王は、実のところ、息子を厳しく罰するつもりなどなかった。

サリヴァンは今回の騒動により臣籍に下げられていたが、しかし、それが厳しい罰かといえば、必ずしもそうではない。

サリヴァンは跡継ぎがいない侯爵家に養子入りして、不自由のない暮らしを送る未来が用意されていたのだから。

（見抜いていたのだろうな。この甘い王が息子に重い処分を下すことはないと……ふん、面倒ではあるが、ロサイスとしても望むところだ）

同じく被害者である我がロサイス家もまた、今回の甘すぎる処罰に納得してはいなかった。

我々が不満を持ちながらもこの決着を受け入れたのは、中央貴族筆頭として王都の混乱を最小限にしたかったからだ。

可愛い娘の顔に泥《どろ》を塗られた……父親としての個人的な意見を言わせてもらえば、あの無能な元・王太子を八つ裂きにしても足りないほどである。

「だ、だが……そうだ、宰相、お前がマクスウェルに頭を下げてくれれば……」

すると、国王がそんなことを言いだした。

「私が……サリヴァンのために、ですか？」

「うむ、王である余が臣下に頭を下げるわけにはいかぬが、宰相であるお主、なら、ば……」

全身全霊の殺意を込めて睨みつけると、王の言葉が尻すぼみに途切れる。

「もう一度、お聞きしましょう。私が、娘を裏切った男のために、誇りを捨てて頭を下げろと？」

「うぐ……」

そこまで言うと、ようやく王は自分の失言に気づいたらしい。

（この親にして、あの息子ありか……）

私は内心で溜息をついた。

王は、普段はここまで馬鹿な発言をすることはない。しかし、この男もまたサリヴァンと同じく情で物事を考える人間であるらしい。

（息子を守りたいというのならば、ロサイスやマクスウェルの反発を承知で庇ってやればいいものを。そんなに我らが怖いのか。まあ、これぐらい臆病《おくびょう》なほうがこの国の王としては合っているのだが。有能すぎる王は四方四家《しほうよんけ》に疎《うと》まれるからな）

ランペルージ王国では、東西南北の国境を守護する四つの辺境伯家が強い力を持っている。それが通称、四方四家。

この国における王の資質とは、いかに四つの辺境伯家の不興を買わずに国を治められるかに懸かっていると言ってもよい。

目の前にいる気弱な国王は、一国の代表としてはあまりに頼りない。

しかしそれゆえに、四方四家からは自分達の既得権益《きとくけんえき》を脅《おびや》かすことのない、軽い神輿《みこし》とみなされていた。

（有能な王で長く在位できたものはいないからな……サリヴァンも不幸な事故に遭わなかっただけマシだろう）

四方四家に逆らってはならない。

彼らの力を削《そ》ごうとして闇に葬《ほうむ》られた王など、いくらでもいるのだから。

5　馬鹿の相手は苦労する

【side　ロサイス公爵】

王宮の奥にある一室。王族のプライベートルームにて。

「ふざけるな！　私が、王太子である私が男爵家に婿入りだと⁉　そんなバカな話があるか‼」

「………………」

私の目の前で馬鹿が怒鳴り散らしている。

馬鹿の名前は言うまでもなく、この国の元・王太子であるサリヴァン・ランペルージである。

「残念ながら、これは国王陛下が決められたことでございます。謹《つつし》んで了承していただきたい」

私は慎重に言葉を選びながら言った。ただでさえ一連の騒ぎの事後処理で疲れているというのに、これ以上、馬鹿の戯言《ざれごと》に付き合わされるのはうんざりだった。

(まったく、なんで私がこのようなことを……)

内心でそう毒づく。

本来、サリヴァンに勅書を渡し、処分を告げるのは国王が行うべき政務である。それをなぜか宰相である自分が代行させられていた。

言うまでもなく、息子を溺愛している国王がサリヴァンに直接処分を言い渡すことを嫌がり、面倒事を私に押しつけたからである。

(王としての責任も、親としての責任も果たせないとは)

自分はこの一ヵ月で、どれだけ王族に失望すればいいのだろうか。

野心家ではないが、この現状には謀反《むほん》という言葉が頭によぎってしまう。

「これは何かの間違いだ！　父上に確認する！」

サリヴァンが国王の勅書を乱暴に丸めて、床に叩きつけた。

「………」

思わず顔が引き攣ってしまった。

勅書には国王の署名だけでなく、『ランペルージ王国』そのものの印《しるし》である国璽《こくじ》も入っている。

その勅書をこんな風に乱雑に扱うなど、反逆行為と受け取られてもおかしくない蛮行《ばんこう》である。

仮にこの男がいまだに王太子であったとしても、この振る舞いが公《おおやけ》になれば処刑台行きは免《まぬが》れないだろう。

(いっそのこと、これを理由に処刑してしまおうか……いや、そんなことでもしたら王が心労で死ぬか)

あくまで冷静に、私は変えようのない事実を告げる。

「残念ながらこれは決定事項です。もう一度確認していただけますかな? ちゃんと国璽も押してあるでしょう?」

「う……」

さすがに自分がした事の重大さに気がついたのか、サリヴァンは気まずそうに足元に転がる勅書を拾った。上質な羊皮紙を広げ直し、くっきりとついた皺を伸ばして書面を確認する。

「た、確かに国璽が押してあるが……しかし信じられない。父上が私を手放すなんて……てっきりほとぼりが冷めるまで臣籍に降《くだ》るものだと思っていたのに……男爵家に婿入りだって? わ、私が何をしたというのだ？」

「何をしたか、だと……？」

この男、まだ自分がしでかしたことに気がついてないのか？

国内最大の武闘派勢力、東方国境の守護者であるマクスウェル辺境伯家。

中央貴族筆頭であり、政治の要《かなめ》であるロサイス公爵家。

その二つの大貴族を敵に回し、王家との間に修復困難な亀裂《きれつ》を作っておいて、まだ被害者面《づら》をしている。

（婚約破棄されてよかったかもしれんな。こんな阿呆《あほう》に可愛い娘を嫁《とつ》がせずに済んだのだから）

私は内心でこき下ろしながら、辛抱強く説明する。

「サリヴァン様もご存知かと思いますが、この国は『四方四家』という四つの辺境伯家が強い力を持っています。無論、公的な地位や政治的な権力は王家や公爵家が上ですが、国境警備を任される彼らの武力は、国王陛下といえども無視できるものではありません」

「う、うむ……」

「貴方はその辺境伯家の次期当主の婚約者を奪い、怒りを買ってしまったのです。相応の処分を下さなければ、王家と辺境伯家との間に禍根《かこん》を残してしまいます。国王陛下とて、断腸の思いで貴方を処分しているということをご理解ください」

「そ、そんな……嘘だ……」

蒼褪《あおざ》めて小刻みに震えるサリヴァン。ようやく自分がしたことの意味を理解できたらしい。

「わ、私はただセレナのことを愛していただけで……間違っていたというのか？　真実の愛を貫くのが、悪いことだったというのか……？」

へなへなと床に崩れ落ち、サリヴァンは憔悴《しょうすい》し切った声でつぶやいた。

「真実の愛、ですか。美しいですな」

私は唇《くちびる》を歪《ゆが》めて、ゆっくりと首を横に振った。

「残念なことですが、サリヴァン様。美しいことと正しいことは別物なのですよ。仮に貴方がセレナ・ノムスとの愛を貫きたかったというのならば、相応の根回しをするべきでした。それでなくとも、まずはマクスウェルに謝罪して筋《すじ》を通しておき、マリアンヌともきちんと話し合っておけば、ここまで重い処分にはならなかったでしょうな」

「そん、な……あ、ああああ、うああああああああっ‼」

サリヴァンは床に両手をついて絶望の叫びを上げた。

（憐れなことだ……）

考えてみれば、サリヴァンは間違いさえ起こさなければ、自分の息子になっていたかもしれない男である。

もしも、自分がしっかりこの男の行動に目を光らせていれば、ここまで堕《お》ちることはなかったのではないか。

（マクスウェルに不興を買わない程度で、援助してやるか。それが責任というものだろう）

そう思い、最後の良心から慰《なぐさ》めの言葉をかけるべく、片膝《かたひざ》をついてサリヴァンに手を伸ばす。

しかし――

「…………そうだ」

「は？」

「そうだそうだ！　間違いは正せばいいのだ！　全て、なかったことにしてしまえばいい！」

「サリヴァン殿？」

突然、立ち上がって叫びだしたサリヴァンに気圧《けお》され、一歩、二歩と後退した。なぜだかわからないが、無性に嫌な予感がする。

「宰相！」

「はあ、何事でしょう？」

「お前の娘との婚約破棄をなかったことにする！」

「はあっ⁉」

私は目を剥《む》いて、身体をのけぞらせた。

何を言いだすのだ、この男は。

「私がマリアンヌと婚約を結び直せば、ノムス家に婿入りする必要はなくなるし、公爵家の支援で王太子に返り咲くこともできる！　あとはロサイスの財力を使って、マクスウェルに賠償金を支払って和解すればいい！　セレナは……まあ、側室として娶《めと》ってやれば問題あるまい！」

（どこまで腐っているのだ、この男は……）

スウ、と自分の顔から表情が抜け落ちるのがわかった。

なんて身勝手な言い分だろう。自分の都合を他人に押しつけるばかりで、周囲の事情をまるで配慮していない。

「よし、そうと決まれば、早速マリアンヌに連絡しろ！　お前と婚約を結び直してやると……」

「黙れ」

「がっ⁉」

気がつけば、私は右手でサリヴァンの首を締め上げていた。

そんなことをされるとは思ってもいなかったのだろう、サリヴァンの眼には驚愕《きょうがく》の色が浮かんでいる。

「さ、いしょう……なに、を……」

「我が娘の人生が、栄《は》えあるロサイス公爵家が、貴様一人のわがままで思い通りになると本気で思っているのか？　貴様はいったい、何様のつもりだ？」

「わたし、は、おうたいし……で……」

「元・王太子だろう？」

サリヴァンの顔面がうっ血して紫色になった段階で、ようやく私は手の力を抜いて解放する。

サリヴァンは再び床へと崩れ落ちて何度も咳《せ》き込んだ。

「ここが王宮で命拾いしたな……外だったらこのまま絞め殺しているぞ」

「かっ、は、はーっ、はーーっ……こんな、ことをして……ただですむと、おもうなよ……？」

「ほう」

どうやらまだ戯言をさえずる元気があるらしい。

私は足を上げて、サリヴァンの右手を踵《かかと》で踏みつけた。

「ぎっ⁉」

「ただで済まないのならどうするというのだ？　もはやなんの権力も持たない、男爵家の婿ごときが。ロサイス家の当主である私をどうするか、言ってみろ」

「ち、父上に言えばお前など……！」

「その父上はお前に会いたくないとおっしゃっている。不肖《ふしょう》の息子の顔など見たくはないのだろうな」

「う、嘘だ！　父が私を見捨てるなんて……」

「ならば自分で確かめてみればいい。今の貴様に、謁見《えっけん》を申し込む権利などないがな」

私は最後にそう言い捨てて、サリヴァンに背中を向けた。

もはやこの男にかける言葉など何もない。馬鹿につける薬など、どこにもないのだから。

6　休日にはハンティングを

ドッドッドッドッドッドッドッドッドッドッドッドッドッ――

平原を数十頭の馬が駆け抜けていく。馬の背中には武器を持った男達が跨《また》がっていた。

男達の雰囲気は、正規の兵士にしてはあまりにも粗野《そや》で、服装もバラバラである。ある者は兵隊のような鎧《よろい》をつけているかと思えば、またある者は獣の皮を乱雑につなぎ合わせた服を羽織《はお》っている。

彼らは『紅虎団《こうこだん》』という馬賊の一党で、ここ数年、東方辺境のシルフィス子爵領を荒らし回っていた。

シルフィス子爵領はランペルージ王国でも有数の穀倉《こくそう》地帯で、領地の大部分が平原である。平原を縦横無尽《じゅうおうむじん》に移動する馬賊は非常に厄介な存在で、領主にとっては悩みの種だ。

紅虎団はとりわけ残虐な馬賊として人々に知られており、いくつもの村が彼らによって焼き払われ、村人が無残に殺されていた。

「この先だな、例の村は！」

「へえ、すぐそこです」

先頭を走る大柄な男の言葉に、隣を走っている痩《や》せた男が答えた。

大柄な男は禿頭《とくとう》に獣の牙の刺青《いれずみ》を入れている。いくつも傷跡が残る身体はがっしりと筋肉がついており、数々の修羅場《しゅらば》を潜《くぐ》り抜けてきた古兵《ふるつわもの》の空気を身にまとっている。

この男こそが紅虎団の頭《かしら》である。本名は不明だが、世間では『人食い虎』の異名で恐れられる賞金首だ。

「今日は男衆が領主に麦を納めに行くようですから、村には女と老人、ガキしかいないはずですぜ。ヒヒッ、襲い放題だ」

痩せた男が舌なめずりをして言う。

『人食い虎』はふんっ、と鼻を鳴らした。

「麦を運び出したあとじゃあ儲《もう》けは少なそうだな。まあ連中の食う分くらいは残ってるか」

「女もいますぜ。好きにしていいでしょう?」

「ああ、好きなだけ犯《や》りな。あまり時間をかけるんじゃねえぞ」

「わかっていやすぜ。ヒヒヒッ」

話している間に、目的の村が見えてきた。

村には高めの柵《さく》が立てられているが、それは狼などの獣《けもの》の侵入を防ぐためだろう。略奪者《りゃくだつしゃ》にとっては容易《たやす》く破れる紙の城だ。

『人食い虎』は背中に背負った大剣を抜き、片手で馬を操作しながら器用に掲《かか》げる。

「野郎ども！　俺達は獣だ！　人の肉を喰って嗤《わら》う怪物だ！　好きなだけ殺して、犯して、残らず奪い尽くせ‼」

『おおーーー‼』

『人食い虎』の張り上げた声に、馬賊の男達が怒声で答えた。

草原を駆ける一群から数人の賊が先行して飛び出し、村の柵を破って中に侵入する。

紅虎団は頭の『人食い虎』はもちろん、一人一人が殺戮《さつりく》に慣れた略奪者である。

小さくか弱い村の住人に、彼らの蛮行を止める手段などあるわけがない。血と肉と殺戮の宴《うたげ》が始まった。

「ぎゃあああ‼」

村から聞こえてくる悲鳴を聞きながら、部下に続いて『人食い虎』が村に乗り込んだ。

「あ？」

『人食い虎』はそこで硬直した。

眼前に、予想外の光景が広がっていたのだ。

「弓を構えろ、射《う》てえええ‼」

「ぐあああああっ⁉」

そこにはなぜか、弓を構えた兵士達が並んでいた。足元には、先行して突入した部下の死体が転がっている。

「ちっ、くしょう！　なんで兵士がこんなところにいやがる！」

『人食い虎』はとっさの判断で大剣をかざし、飛んでくる弓矢を受け止めたが、受け損ねた矢が馬に当たった。

横に倒れる馬から飛び降り、『人食い虎』は転がって体勢を整える。

「ちっ。野郎ども、突撃しろ！　皆殺しだ！」

『おおっ！』

矢から逃れた馬賊達が兵士に向かっていく。しかし、間合いに入る目前で弓兵の後方から槍を持った兵士が現れ、向かってくる馬賊を突き殺していった。

「ぎゃあああああ！」

「お、お頭、たすけっ……げふっ!?」

「か、勝てっこねえ！　逃げろ！」

もともと馬賊達がその力を発揮できるのは、馬を縦横無尽に走らせられる平野での戦いである。障害物の多い村の中では、その強みを半分も活かすことができなかった。

馬賊は次々と倒され、数を減らしていく。

「糞がっ！」

『人食い虎』の決断は速かった。生き残っている部下達を見捨て、破られた柵の隙間から逃げだす。途中で邪魔になった部下は大剣で払いのけ、必死に走った。

（俺達がこの村を襲うことがばれてたんだ！　ちくしょう、どこだ？　どこに逃げれば助かる）

死にものぐるいで逃げ、背後から聞こえてくる仲間達の悲鳴が徐々に遠ざかってきた頃。

「馬だ、とにかくどこかで馬を……」

「『人食い虎』だな」

「っ⁉」

突如として横から声をかけられた。若い男の声である。

「よう、待ってたぞ」

振り向いた先に立っていたのは、鎧を身にまとった若い男と、部下と思われる数人の兵士である。

彼らの足元には自分より先に逃げだした手下が死体となって転がっていた。

「お前は……⁉」

「賊にお前呼ばわりされる筋合いはねえよ。俺の名前はディンギルだ」

名乗る意味はないがね——そう付け足して、男は肩をすくめた。

「ディンギル……マクスウェルか⁉　なんでここに⁉」

「この国の東側は俺達マクスウェルの縄張りだ。直接の領地じゃないからって、いちゃいけない理由はないだろ」

「そんな馬鹿な！」

「強《し》いて言うなら、ここの次期当主が俺の兄弟分だからだよ。可愛い寄子の悩みを一つ、潰《つぶ》しに来ただけさ」

くくっ、と笑ってディンギルが剣を抜く。

重厚な鈍《にぶ》い光を放つ剣は、貴族が持つ飾りの剣とは威圧感《いあつかん》がまるで違う。装飾品としてではなく、人殺しのために作られた業物《わざもの》であることがわかる。

「さあ、かかってこい。サービスで一騎討ちにしてやる」

剣先を『人食い虎』に向けて、いたずらっ子のように笑ってみせるディンギル。

周囲にいる兵士達に、主の無茶を咎《とが》める様子はない。どうやら主の勝利を疑っていないようだ。

「ガキが、舐めやがって！」

『人食い虎』が大上段に大剣を構えて、跳びかかった勢いのままに振り下ろす。大柄な体格からは想像ができないほどの俊敏《しゅんびん》な動きである。

「おお、まさに虎だな」

必殺の一撃を前にして、ディンギルは暢気《のんき》につぶやいた。

ヒラリと軽い動きでその一撃を躱し、ディンギルはすれ違いざまに剣を振るう。

「はい、お疲れさん」

「っ!?」

二度振るわれた剣は、一撃目で剣を持っていた手を両断し、二撃目で両脚を深々と斬り裂いた。

武器を持つ手と、逃げる脚。両方を失った『人食い虎』は倒れ伏して地べたを舐める。

「ぐっ、が……は……いてえ……いてえよ……」

「こいつを止血して、尋問官に渡しとけ。くれぐれも自害させるなよ」

「はっ！」

「いやはや、見事でございます」

ディンギルの勝利を讃えて、一人の男が歩み出てくる。

「『人食い虎』とまで呼ばれる男を容易く斬り伏せるその剣捌《けんさば》き、惚れ惚れしますねえ。ヒヒヒっ！」

気味の悪い笑い方で主を褒め散らかすのは、馬賊の仲間であるはずの痩せ男であった。

「ああ、そっちもご苦労さん。面倒事を頼んじまって悪いな」

「いえいえ、面倒事を請け負うのが私の仕事でございます。ヒヒッ」

痩せ男は、ディンギルが紅虎団に送り込んだスパイであった。彼の諜報《ちょうほう》活動のおかげで、今回、厄介な馬賊を罠に嵌《は》めることに成功した。

「報酬はあとで持っていかせる。また何かあったら頼む」

「ええ、もちろんですとも。ヒヒッ……それにしても、あの男を生かしておく必要はあるのですかね？」

拘束されて連れて行かれる『人食い虎』を眺めつつ、痩せ男が言う。

「紅虎団のアジトでしたら私どものほうで押さえてありますので、あえてあの男を尋問する価値などない気がしますがね。ヒヒヒッ」

「ああ、それなんだがな」

ディンギルが『人食い虎』の持っていた大剣を拾い上げる。

「これ、いい剣だろ？　一見、泥と血で薄汚れているけど、質のいい鉄鉱石を使ってる。大量生産の鋳造品《ちゅうぞう》じゃなくて、一本一本丹精《たんせい》込めて作られた鍛造品《たんぞう》だ。市場に出せばそれなりの値がつく業物だよ」

「はい？　なんの話でしょう？」

突然、脈絡のない話をされて、痩せ男が首を傾げた。

ディンギルは構わずに言葉を続ける。

「他の賊どもの武器もそうだ。略奪だけであれほど高品質な武器と防具は揃えられない。おそらく、賊の背後には奴らの活動を支援しているスポンサーがいるはず」

「黒幕がいるってことですかい？」

「ああ、本命は隣の帝国。対抗馬が地方貴族の力を削《そ》ぎたい中央の貴族。大穴でランペルージ王家ってところかな」

大剣を放り捨て、汚いものを触ったとばかりに服の裾《すそ》で手を拭《ふ》くディンギル。

「ま、なんにせよ、あいつには聞かなければならないことがあるから、楽には死なないだろうな。お気の毒なことだ」

「……ヒヒッ」

（恐ろしい方だ……馬賊なんかよりよっぽどおっかねえや）

痩せ男はぶるりと背筋を震わせ、天を仰《あお》いだ。

○　○　○

馬賊の駆除を終えて、俺は村の井戸で返り血を洗っていた。

事前に村の住民には馬賊の討伐作戦を知らせてあり、今は避難していた者達がちらほらと戻ってきている。その中には、純朴《じゅんぼく》そうな村娘も何人かいた。

（うん、こういうところの女も悪くないよな。野に咲く花のような、素朴《そぼく》な美しさがある……帰る前に二、三人抱いちまうか？）

無事を喜び合っている村娘達を物色していると、部下の一人が走り寄ってきた。

「ディンギル様！　御当主様より使いが参りました！　至急、領地に戻るようにとのことです！」

「ち、なんだよ急に」

せっかくの楽しい考え事を邪魔されたため、やや不機嫌な口調になってしまった。

伝令の男は明らかに気分を害している俺に怯えた様子を見せながら、報告を続ける。

「も、申し訳ありません。その、ノムス男爵とその婿殿が、どうしてもディンギル様にお会いしたいとのことです」

「ははっ！　そうか、来たか！」

どうやら、新しい玩具《おもちゃ》が届いたようである。

「そうかそうか！　婿殿、ね。はははははっ、そりゃすぐに会ってやらないとなあ‼」

いきなり大声を上げた俺を不審に思ったのか、近くにいた村娘達が離れていってしまう。

大好物の女がいなくなってしまったが、それも気にならないくらい俺は愉快だった。

「マクスウェル領に帰還する！　ついてこられる奴だけついてこい！」

「ええっ⁉」

「ちょ、若様⁉」

ブーイングを上げる部下を無視して馬に跨り、一目散に走らせる。

（くく、辺境にようこそ。元・王太子殿下。せいぜい田舎者のもてなしを楽しんでくれよ）

7　嫌がらせの決着

「ディンギル様、お客様が参りました」

「ああ、来たか」

シルフィス子爵領での馬賊狩りを終えて、マクスウェル辺境伯家に戻ってきた翌日。

今日は事前に知らせを受けていた、ノムス男爵とサリヴァンとの会談の日である。

「んっ、あっ、あっ、あっ……」

「まあ、上客というわけでもないし、もう少し待たせておくか」

「ああん、坊ちゃまぁ……」

「ふん、あの王太子はどんな顔するかな。ずっと格下と蔑《さげす》んでいた相手に待たされたら」

「坊ちゃま……坊ちゃまぁ……そこ、気持ちいいです……」

「うむうむ、もう少し楽しませてもらうか」

ちなみに、俺はただいまエリザとベッドの上で運動をしている最中である。

今は昼過ぎだが、特に運動の時間は気にしていない。領地に戻ってきてからというもの、仕事をしていないときは大体メイドを抱いている。

「…………はあ」

「なんだよ、サクヤ。言いたいことがあるなら、聞いてやるぞ」

そんな俺達を白い目で見てくるのは、俺のことを呼びに来た少女。この屋敷で働いているメイドの一人である。

彼女の名前はサクヤ。黒髪黒目という、この国では珍しい容姿をしたこの少女は、クールな鉄面《てつめん》皮《ぴ》にはっきりと非難の色を浮かべていた。

「それでは発言させていただきますが、ディンギル様、いかに精強で知られているあなた様とはいえ、さすがに朝食も昼食も摂らずに淫行《いんこう》にふけるのはお身体に毒でございます。もっと御身《おんみ》を大事にしていただきませんと。仕えるこちらの身にもなってくださいませ」

「んー、あー……うん」

「主人の体調管理は私ども使用人の仕事です。どうか軽食だけでも召し上がってください」

年下メイドからのお説教に、さすがの俺も気まずくなってしまった。

ひとまずエリザとの行為を中断して、ベッドの上にあぐらをかいて座る。

「戦場じゃ半日以上食えないのも珍しくないいんだけどな」

「ここは戦場ではなくお屋敷でございます。主人を飢《う》えさせるなど、メイドの恥です」

「んー……仕方がないな。なんでもいいから、すぐに食べられるものを用意してくれ」

「はい、そうおっしゃると思って、こちらに用意してまいりました」

どこに隠していたのか、サクヤがバスケットを取り出して両手で持ち上げてみせた。中にはトーストやベーコン、カットされたフルーツなどが入っている。

「美味《うま》そうだな、いただくとしよう」

「はい、それでは失礼します」

「おいおい……」

バスケットを受け取ろうと手を伸ばすが、サクヤはその手を躱してベッドに潜《もぐ》り込んできた。

「……混ざりたいならそう言えばいいだろ」

「はっきりと口にしないのが、奥ゆかしさというものです。はい、あーん」

「……あーん」

「今度はタマゴです、あーん」

雛鳥《ひなどり》にエサをやるみたいに俺の口に食事を放り込んでくるサクヤ。

顔は相変わらずの無表情であったが、心なしか口元が嬉しそうに緩んでいた。

「ごちそうさん……それじゃあ次は」

「あんっ」

予想通りというかなんというか、食事だけで済むわけがなかった。

軽食を食べ終えた俺はデザートとしてサクヤのこともいただいた。もちろんエリザもまとめて相手して、時間を忘れて情事を楽しむ。

俺達は客のことを忘れて燃え上がってしまい、繰り返しお互いを求めて身体を重ね続けるのであった。


「すまない、遅くなってしまったな」

あれから業《ごう》を煮やした家令が部屋に乗り込んでくるまで二人と遊び、服を着直してようやく応接室へと足を運んだ。

応接室には三人の男がいて、俺を迎えたときの反応は三者三様。

「……本当に遅かったな」

俺に聞こえるか聞こえないかくらいの声量でつぶやいたのは、婚約破棄騒動以来となる元・王太子サリヴァン・ランペルージ。いや、王籍から排された今はサリヴァン・ノムスか。

数ヵ月ぶりに会ったサリヴァンは、以前よりも少し痩せていた。長時間待たされたからか、表情には屈辱の色がありありと浮かんでいる。

「い、いいえ、こちらこそお忙しいところを申し訳ございません……」

恐縮し切った様子で頭を下げてきたのは、ノムス男爵家当主トマス・ノムス。

先日、不肖の娘のために見事な土下座を決めてくれた男である。

これまたやつれた様子の彼は、額から流れる滝のような汗を必死にハンカチで拭《ぬぐ》っている。

最後の一人は、二十代前半ほどの青年。

「そっちのは……ノムス男爵の長男だったな。確か名前は……」

「クレイ・ノムスですよ。若殿」

洒落《しゃれ》たスーツを着崩《きくず》しているクレイ・ノムスは、父親とはまるで似ていない。彼は飄々《ひょうひょう》とした態度を取りながら、非難の視線を俺に向けてきていた。

「ああ、そうだったな。すまない」

「いえいえ、妹の婚約者のせいで跡継ぎを下ろされた男の名前なんぞ、若殿が覚える必要はありませんよ」

「く、クレイ！　ディンギル様に無礼なことを！」

父親の叱責《しっせき》を、クレイは肩をすくめて苦笑することで受け流した。

なるほど、サリヴァンが婿入りしてきたせいで、クレイは男爵家を継ぐことができなくなってしまったのか。

すでに王籍から排されているとはいえ、王家の血を引く人間を跡継ぎにしないわけにはいかないという考えがノムス男爵にあったのだろう。

「それは申し訳ないことをしたな。クレイ、君にはきちんと新しい仕事と家を用意させてもらおう」

「ありがたいですね。わざわざついてきた甲斐《かい》がありましたよ」

クレイ・ノムスとは何度か社交場で顔を合わせたことがあるが、挨拶以上の会話をしたのはこれが初めて。しかし……物怖《ものお》じしない、なかなか面白そうな男である。

(ひょっとしたら、結構な掘り出し物かもしれない。跡継ぎから下ろしたのはノムス男爵にとって失敗だったかもな？)

俺はそんなことを考えながら、形式として三人に訪問の用件を聞く。

「それで、今日はいったいなんの用かな」

「あ、はい……先日、当家に婿入りしてきたこちらのサリヴァンが、ディンギル様に一言、ご挨拶《あいさつ》を申し上げたいとのことで参りました」

「………っ！」

ノムス男爵が言うと、サリヴァンは烈火の如《ごと》く怒った表情で隣の義父《ぎふ》を睨みつける。どうやら、男爵ごときに呼び捨てにされたのが気に入らなかったらしい。

（ふん、そんなことをいちいち気にしていたら、これからやっていけないぞ？）

俺は頭の中でサリヴァンを嘲《あざけ》りながら、わざとらしい言葉を口にする。

「ほう、それはそれはご丁寧に。ノムス男爵は礼儀正しい婿をもらいましたな」

言葉の中に含まれた棘《とげ》に気がついて、サリヴァンがさらに表情を歪《ゆが》ませた。

そんな俺とサリヴァンを交互に見やり、ノムス男爵は額から汗を流す。

サリヴァンはしばしの間、膝の上で握りしめた拳を見つめていたが、やがて意を決したように頭を下げた。

「……先日は無礼をいたしました。今後はノムス男爵家の跡継ぎとして、恥じない行動を心がける……心がけますので、どうぞよろしくお願いします」

「うむ、頑張りたまえよ。君は男爵家の跡継ぎとして、私は東方貴族筆頭の辺境伯家の跡継ぎとして、それぞれ東方地域の発展のために、ともに尽くしていこうじゃないか」

「ぐっ……承知しました……」

頭を下げているため、サリヴァンの表情は見えない。

しかし、膝の上に置かれた拳はプルプルと痙攣《けいれん》しており、激しい怒りと屈辱を覚えていることは間違いないだろう。

(結構、実に結構。ようやく自分の過《あやま》ちを思い知ってくれたみたいだな。王宮に手を打っておいた甲斐があった)

「ははは、堅苦しい挨拶はこれくらいにして、一緒に茶でも飲もうじゃないか。ほれ、俺が淹《い》れてやろう」

溜飲《りゅういん》が下がった俺は上機嫌に言って、お茶の入ったポットを手に取った。

辺境伯家のことを田舎者だと侮辱していた男が、今は震えながら頭を下げている。その光景がたまらなく愉快であった。

あの婚約破棄の一件以来、このために行動してきたのだ。

世間知らずの王族だったこの男を引きずり落とし、地べたに転がして踏みつけてやるために。

(これにて仕返し完了、お疲れさん、っと)

晴れ晴れとした気持ちで、自らお茶を振る舞ってやる。

「ちょ、頂戴します」

ノムス男爵が震える手でティーカップを手に取り、口に運ぶ。場の緊張に耐えかねたのか、カタカタとカップが歯にぶつかって音が鳴っている。果たして味がわかっているのだろうか。

「…………」

サリヴァンはというと、顔を伏せたままティーカップに触れることもしない。

「おお！　これは美味い紅茶ですなあ！　南方のトラファルガー産ですかね？」

そう感嘆の声を上げたのはクレイ・ノムスである。

彼は三人の中でただ一人、純粋にお茶の味を楽しみつつ、産地まで言い当ててみせた。

「おお、わかるか？」

「ええ、あそこはほどよい気温と天候から上質の茶葉が育つので、わかりやすいですからね。私も好きなんですよ。もちろん、ここまで上等なものは飲んだことありませんがね」

「ははは、俺もここの茶葉が大好きなんだよ。ほれ、お代わりをやろう！」

「頂戴しますよ」

俺とクレイは、紅茶を存分に楽しみながら朗《ほが》らかに談笑する。

（サリヴァンへの仕返しも終わったし、いい茶飲み仲間もできた。今日は有意義な一日だったな！）

「そ、それでは、長居をしてもご迷惑がかかりますので、そろそろ失礼いたします」

俺とクレイの話題が尽きてきたタイミングを見計らって、ノムス男爵が退室の挨拶をした。

この男としては、一刻も早くこんな場所からオサラバしたいのだろう。引き留める意味はないので、了承する。

「ああ。長々と話に付きあわせてしまってすまなかったな、クレイ」

「いえいえ、こちらこそ、楽しい時間でした。紅茶、ごちそうさまでした」

「次は酒に付き合ってくれ。帝国産のいいワインがある」

「おお、それは光栄でございますな！　では若殿、また」

「うむ、さらばだ」

俺とクレイが別れの挨拶を交わして、その場にお開きの空気が流れる。

しかし、いまだに席から立ち上がらない男が一人。

「お、おい、そろそろ帰るぞ？　サリヴァン？」

サリヴァンである。先に席を立った男爵が急《せ》かしても、微動だにしない。

「…………」

「サリヴァン、さあ」

義父に何度も促されて、サリヴァンはようやく重い腰を上げた。

「…………」

ふらりと、幽鬼《ゆうき》のような顔でこちらに近づくサリヴァン。

その表情には、もはや屈辱の色はなかった。その代わり、生気のない瞳に失ったものへの未練や妄執《もうしゅう》が浮かんでいる。

「ディンギル……マクスウェル殿……」

「ん？　なんだよ」

急に雰囲気が変わったサリヴァンの様子を警戒し、俺はさりげなく腰の剣に手を伸ばして返事する。

万が一の事態に備えて慎重に相手の出方を窺ったが、サリヴァンの口から飛び出たのは予想だにしない言葉だった。

「すまなかった！　君の婚約者を奪ってしまって、本当に申し訳なかった！　謝るから、なんでもするから、どうか私を王太子に戻してくれ‼」

「はああっ⁉」

俺はあっけに取られて、思わず身体をのけぞらせる。

「な、突然何を言いだすのだ！」

予想外だったのはノムス男爵も同じだったらしく、泡を食ったようにそう叫んだ。

「私はもう耐えられないのだ！　男爵家での生活にも、辺境での生活にも！　私はこれまで王になるための教育しか受けていなかった！　こんな田舎の貧乏男爵として生きる方法など、誰からも教わっていないのだ！」

大切な糸がプッツリ切れたかの如くまくし立てるサリヴァンの表情には、はっきりとした狂気の色が浮かんでいる。

「……まだ男爵家に婿入りしてからいくらも経ってないってのに。随分と打たれ弱いことだ」

俺は呆れて嘆息した。

遅かれ早かれ、音を上げて詫《わ》びを入れに来るかもしれないとは思っていたが、まさかこのタイミングとは。

（こいつが王になってたら国が終わってたかもな。ほんの嫌がらせのつもりで王家から引きずり下ろしたけど、意外と英断だったかもしれん）

俺がしみじみと考えている間に、ノムス男爵は声を荒《あら》らげてサリヴァンに向かって怒鳴る。

「馬鹿なことを言うんじゃない！　お前の籍はもう入れてしまっているし、来週には結婚式も挙げることになっているのだぞ⁉　いまさら王太子になど戻れるものか！　それに、セレナのことはどうするつもりなのだ⁉」

「う、セレナは……」

愛する恋人の名前を出され、サリヴァンは口ごもった。そしてしばし迷ったように視線をさまよわせ――

「せ、セレナは……その……ディンギル殿にお返しする」

「なっ⁉」

「……………あ？」

とんでもないことを口にした。

その言葉に父親であるノムス男爵はもちろん、俺でさえも表情を険《けわ》しくする。

ついこの間は真実の愛がどうとか言って大騒ぎをしたくせに、自分が窮地《きゅうち》に陥《おちい》ると、あっさり裏切る。

男としても人としても、間違いなく最低の行いだ。

すでに縁を切ったとはいえ、自分の元・婚約者がこんなに軽く扱われるとさすがに腹が立ってきた。

絶句してしまったノムス男爵の代わりに、黙って事態を静観していたクレイ・ノムスが声を荒らげる。

「サリヴァン！　貴様、自分が何を言っているのかわかっているのか⁉」

先ほどまでの飄々とした態度から一変して、鋭い眼差《まなざ》しでサリヴァンを睨みつけていた。

「だ、だってしょうがないじゃないか！」

義兄《あに》に詰め寄られて、サリヴァンは少したじろいだものの、懲《こ》りずに言い訳する。

「こんなことになるとは思ってなかったんだ！　ほんの些細《ささい》な出来心だったんだよ、セレナと付き合ったのも、マリアンヌを捨てたのも！　それなのに、どうしてこんなに責められなきゃいけないんだ⁉　たった一回のミスだろう！　子供の頃から王になるために頑張ってきたのが、ただ一度の失敗で全部帳消しになってしまうなんて理不尽じゃないか‼」

それはサリヴァンにとって、紛《まぎ》れもない本音なのだろう。

一時の気の迷い、ほんの出来心から婚約破棄騒動を起こしてしまった。恋に落ちた故《ゆえ》の暴走は、思春期の若者には珍しいことではないのかもしれない。

（俺だってかつては、エリザに対して、青臭い感情を抱いた覚えがないわけじゃない。でもな……）

それでも、サリヴァンはこの騒動であまりにも多くの人に迷惑をかけすぎた。

迷惑を被った被害者の中に、辺境伯家や公爵家がいるのも最悪である。

(百歩譲って、公衆の面前で婚約破棄せずに内々で済ませれば、なかったことにできたかもしれないけどな。ここまで大ごとにしちまったことを、いまさら撤回はできないだろ)

たとえサリヴァンの言葉に一分《いちぶ》の理があったとしても、この場にいる誰の心にも響くことはない。

時計の針を戻すことは、誰にもできないのだから。

「たった一度の失敗……か。確かにそうだな」

「そ、そうだ！　わかってくれるか⁉」

俺の同意に、サリヴァンの表情が、ぱあ、と明るくなる。

——この馬鹿めが。

「確かに一度の失敗で何もかも失うのは理不尽なことかもしれない。しかし、その泣き言は人の上に立つ者が口にしていいことではないな」

「え？」

「王にせよ領主にせよ、人の上に立つ者は一度の決断で大勢の人間の運命を左右する。家臣、兵士、領民、多くの者達が自分の決断によって人生を動かされることになる。場合によっては、たった一度の判断ミスが原因で、国が滅ぶことだってあるかもしれない。一度の失敗だと自分の決断を軽《かろ》んじるような奴に、王になる資格はねえよ」

「え、あ……え？」

俺の言っていることが理解できていないのか、サリヴァンの口から言葉にならない声が漏れる。

馬鹿に付ける薬はない……俺はそれを確認して、唇を歪《ゆが》めた。

「ま、難しい理屈は抜きにして言うとだな……お前みたいなクズ野郎が王族に戻ることは二度とねえんだよ。それがこの国のためだ」

「な……！」

「俺もクズだが、悪いのはお前だ。諦めろ」

そこまではっきり言ってやると、ようやく頭が追いついたのか、サリヴァンの顔が真っ赤になる。

「わ、私が頭を下げているんだぞ！　王太子であるこの私が‼」

「もう王太子じゃないだろう？　いい加減、現実を見ろよ、男爵家の婿殿」

「き、貴様ぁ……！」

サリヴァンの手が腰に提げていた剣を掴《つか》んだ。

俺は目を細めて、ふっ、と短く息を吐く。

（この期に及んでまだ自分の立場が理解できないとは……ダメだな、こいつ。殺すか）

俺は目の前の愚かな男の命を奪う決断をした。

廃嫡されたとはいえ、サリヴァンを殺害すれば、王家に相応の処分を下されるのは間違いない。

しかし、ここは東方領。マクスウェル家の勢力下である。人間一人を消し去っても行方不明で片付けることなど容易い。

失脚した王子は失踪する理由に事欠かないし、王家にはどうとでも言い訳が立つ。

さて、こんなクズ相手に俺が剣を抜くまでもない。戦場に出た経験もないボンボンを殺すことなど、片手でもできる。

とりあえず喉を潰してやろうと貫手《ぬきて》を繰り出す――その寸前。

「ご無礼をいたしましたああああああああっ‼」

「へぶっ⁉」

「おお⁉」

ノムス男爵が土下座を決めた。

隣では、息子のクレイがサリヴァンの頭を掴んで強引に床に押し倒し、顔面を床に擦《こす》りつけている。

「このたびは義息《むすこ》が大変、失礼をいたしました！　義息の教育ができていないのは親である私の責任！　どうか、どうかこの愚かな男爵めの首でお許しくださいませ！」

「……おお」

相変わらず見事な土下座である。まさか、短期間にこれほどの土下座を二度も見ることができるとは思ってもみなかった。

「いや、申し訳ない。義弟《おとうと》もこの通り反省しておりますので、どうかご容赦《ようしゃ》ください」

「がふっ！　がっ！　ぐっ！　ぶ、ぶれいも……ぐがっ！」

ガンッ、ガンッ、ガンッ、ガンッ。

クレイが何度も何度も、繰り返しサリヴァンの頭を床に叩きつける。もう、後半は頭を上げるたびに血が飛び散っていて、サリヴァンも意識を失いかけているようだった。

「ははは……その見事な謝罪に免じて、今の件は忘れることにするよ。なんというか、頑張れ」

「はっ、ありがたき幸せにございますっ！」

「ご配慮感謝しますよ――っとお‼」

「ぐべえ……」

クレイが最後に渾身の力を込めてサリヴァンの頭を叩きつける。その一撃で完全に意識を失ってしまったのか、憐れな元・王太子はぐったりと動かなくなった。

「おやおや、どうやら義弟は疲れて眠ってしまったようですな。うむ、きっと若殿との顔合わせで緊張してしまったのでしょう」

「それはいかん！　失礼にならないうちに、これで退散するとしよう！」

「……お疲れさん」

絶妙なコンビネーションを見せたノムス親子は、サリヴァンの身体を抱えて辺境伯家から去っていった。

似ていないようで相性抜群な親子の背中を見送りながら、あの二人にはちょっと申し訳ないことをしてしまったと、俺は少しだけ反省したのであった。

8　その出会いは絵本のように

【side　セレナ・ノムス】

今日は私の結婚式。

私は花嫁の控室で一人、椅子に座っていた。

部屋には私の他に誰もいない。付き添いの侍女達は、私にドレスを着せたらすぐに出ていってしまった。

身につけているドレスは、かつて両親の結婚式で母が着たのと同じものである。

子供の頃から、いつか自分も母のドレスを着て結婚するのだと夢見ていた。

あれから数年が経ち、ようやく夢が叶う日が来たのだ。

けれど、私の心は、深く、暗く沈んでいる。

「どうして、こんなことになってしまったの……？」

私は幸せになれるはずだった。

みんなから祝福されて、好きな人と一緒になって、物語のようなハッピーエンドが待っているはずだった。

しかし、現実は違っていた。

友人や知人に送った招待状は、半分以上が開封されることなく送り返されてきた。

式の準備をした使用人達でさえ、私を見る目はどこか白々しく、本心から祝福するつもりがないことが伝わってくる。

「いったい、どこで間違えてしまったの……？」

その答えは明白なのに、受け入れることを心が拒《こば》んでいる。

私の何が悪かったのか。どこで道を踏み外してしまったのか。

私はこれまでの人生を振り返った。


子供の頃から、お姫様に憧《あこが》れていた。

亡くなった母が読んでくれた絵本に登場する、お姫様に。

私の母は私を産む前から病に侵されており、私が物心ついた頃にはベッドから出られない生活を送っていた。

父は寄親《よりおや》であるマクスウェル辺境伯に借金をしてまで母を治療する方法を探したそうだが、結局、見つかることはなかった。

私は母のことが大好きで、よく母のベッドに潜《もぐ》り込んでは絵本を読んでくれるようにねだっていた。今思えば、それは母の身体の負担になっていたかもしれない。だが、母はどんなに体調が悪いときでも、私のおねだりに応《こた》えてくれた。

「大丈夫よ、いつかセレナにも王子様が迎えに来てくれるから……」

それが母の口癖だった。絵本を読み終えると、いつもそう言って私の頭を撫《な》でてくれるのだ。

「大丈夫」という言葉——ひょっとしたら、それは母自身に言い聞かせていたのかもしれない。

母は、私が大人になるまで生きられないことを悟っていたのではないか。だから、私の将来を不安に思わないよう、あんなことを言っていたのだ。

母が亡くなってからしばらくして、兄を名乗る男が家にやってきた。父は外で他の女性との間に子供を作っていたのだ。

「君がセレナちゃんか。これからよろしくね」

「……あなたなんて知らない！」

「え？　あ、ちょっと！」

兄のことを、私は避《さ》け続けた。

父の浮気が信じられなかったし、許せなかった。兄の存在なんて認められるわけがない。

たとえそれが、病弱な母が跡継ぎを産めないことを考慮しての、貴族の家長としての判断であったとしても。

たとえ、そのことを母が知っていて、許していたとしても。

絶対に、私は許せない。

父のことも。兄のことも。

そんな折——父はあの婚約者を連れてきたのである。

「喜べ、セレナ。お前に最高の婚約者を用意したぞ」

十三歳になり、私にも婚約者ができた。

その男の子は、マクスウェル辺境伯家の跡継ぎ——ディンギル様だった。

「ディンギル・マクスウェルだ。よろしくな」

そう言って、気さくな様子で自己紹介をしてきたディンギル様。

当初、私は父への反発心から婚約者に対して無礼を働き、父に恥をかかせてやろうと考えていた。

しかし婚約者の顔を見たら、そんな考えは消え失せてしまった。

「ひっ……！」

「どうかしたか？」

私がディンギル様の顔を見て、最初に感じたのは恐怖だった。

ディンギル様は、一見すると、気さくで穏やかな様子の少年である。しかし、その奥底に得体のしれない魔物のようなものが隠れ棲《す》んでいるような気がしてならなかった。

そう、絵本に出てくる、お姫様を攫《さら》うドラゴンのような怪物が。

（あの恐ろしいドラゴンの名前はなんだったかしら……黒くて、山のように大きくて、思い出した

だけで背筋《せすじ》が震えてしまうドラゴンの名前は）

私がどうしてそう感じたのかはよくわからないが、ひょっとしたら、母の血が原因かもしれない。

母は、父と結婚するまで王都にある神殿で巫女《みこ》をしていたという。

「ディンギル様は、先日の帝国との戦いで大将首をあげたんだぞ！」

父はディンギル様の武勇伝を語り、いかに素晴らしい人物かを説明した。

しかし戦争で人を殺した話を聞かされて、どうやって相手を好きになれというのだろうか。

それから、私の絶望の日々が始まった。

ディンギル様は自分が怖がられていることを自覚していたらしく、好感度を上げようと思ってか、ことあるごとに花束などの贈り物を送ってきてくれた。

しかし、それは私の目には、悪いドラゴンが獲物をおびき寄せようと、猫撫で声を出しているようにしか見えなかった。

父も兄も、私とディンギル様をなんとかくっつけようとしていたが、二人のサポートはかえって逆効果であった。私は父も兄も、嫌っていたのだから。

私とディンギル様との距離は縮まることなく、やがて王都にある国立学院へと入学する。

その日のことを、私は生涯、忘れないだろう。

誕生日を迎えた私は、学院の裏庭にある花園《はなぞの》を訪れていた。

学院には中庭と裏庭にそれぞれ花園があり、ほとんどの生徒は校舎から近くてより大きな中庭の花園で花を愛《め》でる。

裏庭の花園を訪れるものは少なく、一人で考え事をするにはうってつけだった。

「ふう、これ、どうしようかな……」

ベンチに腰掛ける私の手には、婚約者からの誕生日プレゼントがあった。それは銀細工《ぎんざいく》の腕輪で、私の瞳と同じ翠色の宝石が嵌めこまれている。

「……きれい、どうして毎回、こんな素晴らしいものを……」

ディンギル様からのプレゼントは、いつもセンスがいいものばかりだった。

いっそのこと見当違いなものを贈られたら捨ててしまうこともできるのに、私の好みに合うものばかりを的確に贈ってくるのだから、ついもらってしまう。

なぜディンギル様は自分の好みを知り尽くしているのか……それを考えるのが恐ろしい。

「……あと一年、か」

あと一年で、私とディンギル様は学院を卒業する。そして、私はディンギル様の花嫁になる。

その日が来ることが、怖くてたまらなかった。

一瞬だって一緒にいたくないのに、どうして生涯をともにすることができるというのだろうか？

「ううっ……」

自然と私の目から涙が流れた。こぼれた雫《しずく》が、腕輪の宝石に落ちる。

「あ……！」

「……え？」

誰かの驚く声に顔を上げると、一人の男性が立っていた。

金色に輝《かがや》く髪に、真っ白な肌。瞳の色は空のように青い。まるで絵本から飛び出してきた王子様のような貴公子である。

彼は、この国の王太子であるサリヴァン・ランペルージ様だった。

「邪魔をしてしまってすまない、この花園に来る人が私以外にいるとは思わなくてね」

「い、いえ、こちらこそ、ご無礼を……！」

慌ててベンチから立ち上がろうとする私であったが、それよりもわずかに早く、サリヴァン様のハンカチが頬を撫でる。

「あ……」

「いいから座ってくれ。女性の涙を拭きとるのは、紳士の仕事だ」

「そ、そんな……」

恐縮する私に柔らかく微笑《ほほえ》んで、サリヴァン様は私の涙を拭っていく。

いつの間にか涙は止まっていて、かわりに心臓が早鐘を打っていた。

まさか下級貴族である自分に、こんな近い距離で王子様と話をする機会が来るとは思わなかった。

「君の姿を見て、まるで花の妖精かと思ったよ」

「ええ……!?」

サリヴァン様の言葉に、思わず叫んでしまう。

慌てて無礼を謝罪しようとしたが、愉快そうに笑うサリヴァン様の顔を見て、何も言えなくなってしまった。

「実は僕も君と同じでね、辛いことがあって泣きたくなると、この場所に来るんだ」

「え、辛いことですか？」

この見るからに完璧そうな王子様に、悩みがあるなんて信じられなかった。

「実はね……」

そう言って話しだすサリヴァン様。驚くべきことに、彼の悩みは私とまったく同じものだったのである。

サリヴァン様もまた、自分の婚約者に悩まされ苦しんでいたのだ。

サリヴァン様の婚約者であるマリアンヌ様は、およそ欠点のない、完璧ともいえるご令嬢だった。

しかし非常にプライドが高く、自分が次期王妃であることを理由に他の生徒を見下しているそうだ。

「彼女は私の妻になりたいのではない。王妃という地位を手に入れて、この国を支配したいだけなのだ。そのために私という人間を利用しているだけで、そこに愛などというものは存在しない」

「そんな……ひどいです！　サリヴァン様はこんなにも優しくて素晴らしい方なのに、どうしてそんな人と結婚しないといけないのですか！」

「そう言ってくれるのは君だけだよ……マリアンヌは、そう、まるでおとぎ話に出てくる魔女みたいな女性だからね」

その言葉に、私は親近感を感じた。

絵本から出てきたような完璧な王子様が、自分と同じことで悩んでいる。

そのことが、なぜかとても嬉しく思えた。

私も悩みを打ち明けると、サリヴァン様は優しく慰めてくれた。

「そうか、私達は同じなんだな」

「はい……」

これが私とサリヴァン様の出会いだった。

この日を境《さかい》に、私達の仲は急速に発展していく。

（やっと来てくれたんだ。私の王子様……）

きっと、この王子様が恐ろしいドラゴンを退治して、私を救い出してくれる。そのときの私は、そう信じ切っていた。

王子様がドラゴンに負けるわけがないと、根拠もなく思い込んでいた。

それからも私とサリヴァン様は二人だけの秘密の花園で逢瀬《おうせ》を重ね、お互いの絆《きずな》を深めていった。

二人で一緒にいる時間だけ、私は安心できた。母が亡くなってから感じたことがない、幸福な気持ちが胸に満ちていった。

婚約者がいる私達の禁断の恋は、会うほどに燃え上がっていき、やがて後戻りができないところまで進んでしまった。

サリヴァン様の所有している別荘に招かれ、人目を忍んで訪れた私は、そこでサリヴァン様と結ばれることになる。

「セレナ、私と結婚してくれ」

ベッドの中でサリヴァン様の腕に抱かれながら、私は大粒の涙を流した。

太陽のような両手が私の身体を温めてくれる。優しい言葉が凍《こお》った私の心を溶かしてくれる。

泣きじゃくる私の頭をサリヴァン様が優しく撫でる。そのぬくもりを感じながら、私は答えた。

「……喜んで、私の王子様」


そして——運命の日が訪れた。

勇敢な王子様が、邪悪なドラゴンを退治するときがやってきた。

「ディンギル・マクスウェル！　貴様とセレナとの婚約を破棄させてもらう！」

サリヴァン様がディンギル様に向けて言い放った。

ディンギル様は、いかにこの婚約破棄が不当なものであるかを言い連ねたが、サリヴァン様は一歩も引かずに立ち向かっていく。その姿は、まるで聖剣を手にした勇者のようである。

力強い言葉に私の心から不安が消えていく。まさか、私がこの恐ろしい婚約者に本音をぶつけることができる日が来るなんて思わなかった。

「……婚約破棄、ひとまず承知しました。後日、こちらから王家には連絡させていただきます」

ディンギル様の言葉を聞いて、私は喜びのあまり涙がこぼれそうになった。

ようやく解放された。この怪物のような男から、ようやく自由になれたのだ。

「セレナ！」

「サリヴァン様……嬉しいです！」

私達は人目も憚《はばか》らずに抱き合った。中庭には大勢の人がいて、私達を見ている。そんなことはまったく気にならなかった。

「幸せにする。もう、二度と離さない……セレナ！」

「サリヴァン様……サリヴァン様……！　愛しています、サリヴァン様……！」

まるで夢のような時間だった。物語のエンディングのような。

邪悪なドラゴンは勇敢な王子様の前に倒れ、お姫様は救われる。

そして、二人は結ばれ、永遠に幸せになるのだ。

しかし、いつまでも続くかと思われた幸福な時間は、すぐに終わりを迎えた。

「……それで？　言いたいことは終わりですか？　サリヴァン様？」

「あ……いや……」

ディンギル様に思いのほかあっさりと婚約破棄を了承してもらい喜んだのも束の間、私達は冷や水のような言葉を浴びせられた。

サリヴァン様の婚約者であるマリアンヌ・ロサイス様。彼女を前にして、先ほどまでは物語の王子様のようであったサリヴァン様が竦《すく》みあがっている。

マリアンヌ様はお付きらしき人達に囲まれていて、怯えるサリヴァン様をつまらなそうに一段高いところから見下ろしている。

以前からマリアンヌ様の性格の悪さはサリヴァン様から聞いていたが、よもやこんなにきつい方だとは思わなかった。

サリヴァン様はマリアンヌ様が私に嫌がらせをしていたとか、敵国と内通していると噂が立っていたなどと責め立てた。

内通の噂なんて聞いたこともないし、私が嫌がらせを受けたこともない。そもそも私とマリアンヌ様は初対面である。

私は驚いてサリヴァン様の顔を見るが、彼は私のことなど目に入っていないようだった。

「話になりませんわね。嫌がらせ？　内通？　何か証拠はありますの？」

証拠なんてあるわけがない。サリヴァン様の言い訳が出任せで、事実無根なのは明白だった。

マリアンヌ様は呆れたように溜息をつき、それから延々と、サリヴァン様の行動がいかに王太子として相応しくないかとダメ出しを続ける。

そして、すっかり意気消沈してしまったサリヴァン様に、マリアンヌ様は最後に言い放った。

「婚約破棄ですね。構いませんよ。私達の関係はこれで終わりにしましょう」

その言葉を聞いて、サリヴァン様の表情が明るくなる。しかし、直後の言葉にすぐに凍りついた。

「宰相である父にはきちんと伝えておきます。サリヴァン様が不貞を働いたことも、公爵令嬢である私にありもしない罪を被せようとしたことも。余すところなく、きっちりと報告しておきますわ。相応の罰は覚悟してくださいませ。まさかロサイス公爵家の援助なくして王になれるなどとは思っていないでしょうね」

「え、あ……それは、ええと……」

サリヴァン様は明らかに動揺した様子で、しどろもどろになる。

愛する男性が追いつめられている。私は恐怖心を抑えつけて必死に言葉を絞り出した。

「ま、マリアンヌ様！　サリヴァン様は王太子なのですよ！　いくらなんでも、言葉が過ぎます！」

「いったい誰に口をきいているのですか？　身分の下の者が上の者に声をかけてならないのは貴族社会の不文律でしょう。男爵令嬢ごときが、恥を知りなさい！」

ぴしゃりと強い口調で言い返されて、私は震え上がった。

（まるで悪い魔女です……サリヴァン様が言った通り……）

「わ、私は、サリヴァン様の恋人で……」

「ああ、浮気相手ですわね。汚《けが》らわしい」

マリアンヌ様が汚物を見るかのような目で私を見下ろしてくる。

いくら身分差があるとはいえ、そんな扱いはあんまりだ。

「け、汚らわしいなんて、そんな……」

「私と殿下が婚約破棄をしたあとでしたら、貴方達がどこで何をしようと関係ありません。しかし、正式な手続きをするまでは婚約者です。他人の婚約者に手を出すような淫《みだ》らな娘が、私に話しかけないでくださいな。耳が汚れてしまいます」

「そ、そんな言い方、ひどいじゃないですか……私が何をしたというのです……！」

「何をした？　そうですね、二日前の休日の夜はどこで何をしていましたか？　確か、寮のほうに外泊届を出していましたね？」

「え……」

マリアンヌ様の言葉に私は凍りついた。その日は、私とサリヴァン様が初めて結ばれた日である。

「私が何も知らぬ愚か者だと思いましたか？　マクスウェル辺境伯のご子息は貴方達の関係に気がついていなかったようですが、それは彼が貴女に対して最低限の興味しか抱いていなかったからというだけ。貴方達の安い隠蔽工作で、ロサイスの目をごまかせると思いましたか？」

「え、あ……そんな、でも……」

「遊びで済ませるつもりなら見逃す予定でしたが、こうなった以上は容赦をいたしません。不貞の証拠はきちんと掴んでおりますので、それも国王陛下に提出させていただきますわ。果たして、いつまで陛下が貴方達のことを見捨てずに守ってくださるか、見物《みもの》ですわね」

私もサリヴァン様も、絶望で凍りついた。

私達の関係は、ずっと前からばれていたのだ。全てばれたうえで、泳がされていた。

「それでは、ご機嫌よう。そして——さようなら、元・婚約者様」

「ま、待て……！」

「待ちませんことよ？　もう貴方のお願いを聞いてあげる筋合いはございませんので」

なおも追いすがろうとするサリヴァン様だったが、マリアンヌ様のお付きの方々に阻《はば》まれてしまった。

マリアンヌ様は最後まで優雅な所作を崩すことなく、立ち去っていく。

その姿はどこまでも気高く、誇り高く、これが王妃になるべき女性の姿なのだとぼんやりと思った。

私は不安からサリヴァン様の手を掴んだ。

かつてベッドの中で私の頭を撫でてくれた手は、ブルブルと小刻みに震えている。

「サリヴァン様……」

「だいじょうぶ、大丈夫だ。セレナ…………何があっても守ってやる。父上が、私のことを見捨てるわけなんてない……だから、大丈夫だ……」

「…………」

まるで自分に言い聞かせるようにつぶやくサリヴァン様の横顔は引き攣っていて、限界まで見開かれた両目は真っ赤に血走っている。

そこには先ほどディンギル様と対峙《たいじ》したときの勇敢さは消え失せており、激しい不安と後悔が見え隠れしていた。

その姿はもはや物語の王子様ではない。現実に存在する、追い詰められた男の姿であった。

(私は、本当に正しかったの？　私は幸せになれるの……？)

夢から醒《さ》めてしまったみたいに、十数分前まであった幸せな気持ちが消え失せていた。

代わりに私の心中を占めているのは、行末《ゆくすえ》がまるで見えなくなってしまった自分の未来への不安であった。


それから私を待っていたのは、転落の一途だった。

あれよあれよという間にサリヴァン様は王籍を排され、ノムス男爵家へと婿入りしてきた。

私達のせいでマクスウェル辺境伯家に睨まれてしまったと、父と兄は私とサリヴァン様を責めた。

婿入りしてきた当初、サリヴァン様はすぐに王家に戻ってやると息巻いていて、国王陛下や王都にいる有力貴族の友人に手紙を出し続けていた。

しかし一向に返事の来ない手紙に苛立ちを露《あら》わにし始めて、私に対しても怒鳴り散らすように。

優しかった王子様の姿はどこにもない。いや、これがサリヴァン様の偽りない姿なのかもしれない。

『お前さえいなければ』

サリヴァン様の瞳にその思いが宿り始めているのに気がつかないふりをして、私は父や兄とも最低限にしか関わらないように生活を続けた。

そして、今日——私はサリヴァン様の花嫁となる。

全てを失ってしまった男の花嫁に。

家族、友人、誰からも祝福されない花嫁に。

「セレナ様、式の準備が整いました。こちらへどうぞ」

「……ええ、今行くわ」

控室まで呼びに来た侍女に応えて、私は椅子から立ち上がった。

大好きだった母の形見のドレス。ずっと憧れていた真っ白なドレスには、何か得体のしれない汚れが染みついているように見えた。

9 思春期の親子はやっぱり気まずい

マクスウェル辺境伯家、執務室にて。

俺は珍しく机に向かって、書類とにらめっこをしていた。

基本的にアウトドア派の俺は、仕事においても直接現場に出て指揮を執《と》ることを好んでいる。

しかし、もちろんそれだけでいいわけがなく、時にはこうして事務仕事をしなければならない。

執務室にいるのは俺と、現・辺境伯である親父の二人だけである。

父親と二人きりで仕事をしているというのは、どこか気恥ずかしいものがある。話しかける話題もなく、どうにもそわそわしてしまう。

気まずいのは親父も同じであるらしく、仕事をしながらもこちらをチラチラと窺ってきていた。いっそ話しかけてくれればよいものを、どうやら話題が見つからないのはあちらも同じらしい。

気まずい空気の中、執務室の扉が開いて第三者が入ってきた。

「失礼いたします。旦那様、若様」

入ってきたのは、家令の男である。

普段は俺のことを『坊ちゃま』などと子供扱いする家令であったが、職務の最中は『若様』と呼んでくれる。

「ただいま戻りました。遅くなって申し訳ございません」

「ああ、ご苦労だった」

『助かった！』という表情を浮かべて、親父は家令を労った。

家令は、先日開かれたノムス家の結婚式に、俺達の代理として出席していたのである。

「ノムス男爵令嬢とサリヴァン様の結婚式は滞《とどこお》りなく行われました。祝いの品を大変お喜びになったようで、返礼を預かっております」

「そうか、問題なく終わったようで何よりだ」

ほっとしたように親父が息をついた。

先日、ノムス家一行が挨拶に訪れたときのサリヴァンの暴走については、当然、親父にも報告が行っている。

婚約者であるセレナを俺に差し出すとまで言ったサリヴァン。あの男がまともに結婚式に出るのかどうか、親父はずっと心配していた。

「親父の言う通り、そりゃ上々だ。それで、結婚式の様子はどうだった？」

俺が尋ねると、家令は頷いて結婚式の様子を説明する。

「はい、式にはノムス家の親類縁者は一通り出席されていたようですが、イフリータ家、シルフィス家、ウンディネ家などのマクスウェル家麾下の貴族は出席していませんでした」

「まあ、そうだろうな。王都の貴族はどうだ？」

「サリヴァン様のご友人が何人か来られていましたが、いずれも伯爵家以下の家の者だけですな。公爵家、侯爵家の方は使いだけを送ってきているようでした」

「なるほど」

やはり王家の有力貴族は、サリヴァンを完全に見限っているようだ。

サリヴァンがセレナと籍を入れたタイミングにあわせて、王家からはサリヴァンの弟である第二王子を王太子にする旨《むね》が発表されている。

サリヴァンが王太子から外された原因について、王家は『ロサイス家やマクスウェル家にケンカを売ったことに対するペナルティ』ではなく、『真実の愛』を理由にした美談として発表していた。

いわく、王太子サリヴァンは下級貴族の少女と恋に落ちた。

婚約者のいる二人、許されることのない禁断の愛。

それでも一緒になるため、サリヴァンは自らの意志で王太子の地位を返上し、王家とも縁を切った。

そんな二人の真実の愛に感激して、ロサイス家とマクスウェル家は二人の仲を許して祝福し、サリヴァンはノムス家へと婿入りしていった――とのことである。

（筋書きを描いたのはロサイス公爵だろうな。裏切られたのはあっちも同じだろうに、よくもまあ王家に尽くすものだ。頭が下がるぜ）

貴族の鑑《かがみ》とも呼べるロサイス公爵を心中で称賛しつつ、俺は腕を組んで自分の考えを口にした。

「これでサリヴァンが王家に返り咲く可能性は、完全にゼロになったな。さてさて、あの情緒不安定な男が大人しく納得してくれるかね？」

「他人事《ひとごと》みたいに言うな……お前が追い詰めすぎたことが原因だろうか」

親父が呆れたように俺を咎めてきた。

「先にケンカを売ってきたのはあっちだぜ。あれくらい報復してやらないと、マクスウェル家の面目が立たないだろ？」

婚約者を奪われ、公然と侮辱されて泣き寝入りしたのであれば、マクスウェル家は王家の言いなりであると舐められてしまう。王家が格上なのは当たり前とはいえ、簡単に思い通りにはならないと示す必要はある。

「それに結果だけ見れば、王太子を廃嫡させたのは正解だと思うけどな。あの男が王になったら、この国はたぶん乱れていただろうから」

「そんなことはわかっている」

親父は呆れかえったように首を振り、言葉を続ける。

「だからといって、ノムス家に押しつけることはなかったという話だ！　あんな愚劣《ぐれつ》な無能者がノムス家の当主になれば、領地が乱れてしまうだろうが！」

愚劣な無能者とは、親父殿も随分と言うではないか。

まあ、この間の暴走について聞いていれば当然の評価である。

「それについては全面的に同意だ。確かに、あいつをノムス家に入れたのは浅慮《せんりょ》だったかもしれないな」

俺は両手を広げて、親父の考えに同意を示した。

親父は頭痛を堪《こら》えるように指先で額をグリグリと擦《こす》っている。

(心配をかけちまったか。まーた、白髪が増えちまうな)

親父の頭部を見つつ、気苦労をかけていることをやや反省する。

俺としては、別に親父を心配させたいわけでもなければ、東方地域を混乱させたいわけでもない。それでも、結果的にそうなってしまったことについては、素直に申し訳ないと思っている。

「まあ、親父は心配しなくていいさ。サリヴァンの処遇については、俺に考えがあるから」

自分で蒔《ま》いた種だ。自分で回収しなくてはな。

正直、王太子から引きずり降ろして男爵家に放り込んだ時点で、サリヴァンに対する興味は消え失せているのだが、取るべき責任は取るとしよう。

「……………また、悪巧みか」

「坊ちゃま、無理はされないほうが……」

「はは、仕事中に坊ちゃまと呼ぶなよ。大丈夫だ。別に無理をする気はないし、親父に迷惑をかけるつもりもない」

安心させる意味でそう言ったのだが、親父も家令もかえって不安そうな表情になってしまう。

(信用ねえな……ま、いいけど)

「本当に心配いらないぜ？　別に難しいことをするわけじゃないからな。サリヴァンが今の地位に甘んじてくれるのであれば、それでよし。そうでないのなら、俺は辺境伯家の跡継ぎとして、しかるべき行動をとらせてもらうだけだ。俺がこれからやることは、サリヴァンが東方貴族の仲間として相応しいかどうかの『踏み絵』だよ」

「……そうか、もう任せた」

「ああ、任された。ついでにそっちの書類も任されようかな。俺のほうは全部終わってるから」

「…………」

疲れ切ったような父の仕事を引き受け、俺は次期辺境伯としての職務に励《はげ》んだ。

ランペルージ王国東方地域に新たな騒動が巻き起こる、まだ少し前のことである。

10 夜遊びに危険はつきもの

マクスウェル辺境伯領の最大の都市である、領都アヴァロン。

辺境伯のお膝元であるその都には、二つの顔があった。

一つは昼間の顔。東方地域最大の商業都市として、中央や北方、南方から流れてきた商人達が市場で商品を広げている。

そこに品物を買い付けに来た東方各地の商人や、珍しいものを購入しようとする領民達が溢《あふ》れかえり、毎日お祭り騒ぎのようにごったがえす。

もう一つは夜の顔。日が沈むと、昼間は閉まっている酒場や娼館《しょうかん》が扉を開ける。往来には酒を飲み歩く酔っ払いや、路地で客を取る商売女達が姿を見せるようになり、松明《たいまつ》で照らされた町には酒と化粧《けしょう》の匂いが充満するのだ。

そんな領都の夜闇をかき分け、俺は路地裏を進んでいた。何度も通った慣れた道で、案内がなくても迷うことはない。

この辺りの区画はスラムになっていて、そこかしこで浮浪者が寝ていたり、孤児の少年が腹を減らして蹲《うずくま》っていたりする。

「やれやれ、ここは相変わらず寂れていやがる」

明るくにぎやかに見える領都であったが、一歩裏路地に踏み入ればたちまち閑散《かんさん》としてしまう。町の発展から取り残され、今日を生き抜くことができるかも怪しい者達が追いやられる場所。

この場所を訪れるたびに、胸を氷の針で刺されるような気持ちが湧き出てくるのは、支配階級にいる人間としての責任感か。

(別に親父の政策が失敗してるわけじゃない。どれだけ公共事業を起こして貧しいものに職を与えたとしても、必ず落ちぶれる奴がいるもんだからな)

酒や女で身を持ち崩す者。

ギャンブルで借金をする者。

人に騙《だま》されて財産を失う者。

どれだけ領主が優秀で領民を愛していたとしても、それとは無関係に社会から脱落していくものは必ずいる。

それにわざわざ心を痛めていてはキリがない。それはわかっているのだが。

「はあ、せめて子供だけでもなんとかしてやらないとな。孤児院を新しく作って、最低限の教育を受けられるようにして……まったく、何をするにも金が要《い》るな」

ぶつぶつと愚痴をつぶやきながら、俺は足を止めることなく路地を進んでいく。

今日はこのスラムに住む、とある男に会いに来ていた。

時間は真夜中。本来は領主の息子が一人で出歩いていい時間ではないのだが、家の人間は「どうせ娼館にでも行くのだろう」と俺が出かけるのを止めもしなかった。

(これを信頼と受け取るべきか、放任と受け取るべきか……問題だな)

真面目な用件で外出したにもかかわらず、遊び歩いていると思われるのは若干不愉快ではある。

しかし、ここに会いに来た人物は公《おおやけ》の場で顔を合わすことができる相手ではないため、どうしてもお忍びになってしまうのだ。

「はあ、わざわざこんなところに住まなくてもいいだろうに。これだから裏社会の奴らは……ん？」

ふと何かの気配を感じ、俺はその場で足を止めた。

「……ふむ。こんなところで来客か」

周囲に人が潜《ひそ》んでいる。明らかにスラムの住人ではない。粘っこくまとわりつくような殺気をまとっている。

長年の経験からわかる、これは今まで何度となく戦った暗殺者特有の気配である。

「やれやれ、参るぜ。夜中に遊ぶのは美女とだけにしたいものだが」

俺は路地を曲がり、空き地になっている場所に入った。

ちょうどよく、空き地には浮浪者などの姿はない。暴れるにはうってつけである。

手に持っていたランプの火を吹き消して地面に置いた。光源が月明かりだけになってしまったが、夜目はいいほうなので問題ない。

腰の剣を抜いて構え、闇の奥に問いかける。

「こっちの準備は万端なんだが……そっちはどうだ？」

答えの代わりに弓矢が飛んできた。

軽いステップで躱《かわ》すと、二射、三射と矢が飛んでくる。

「ふん、よっと……！」

たて続けに放たれる矢を躱していくと、頭上に気配を感じた。

「もらったああああ‼」

空き地の横にある建物の上から男が跳びかかってくる。どうやら、弓矢でこの場所まで誘導されてしまったらしい。

「奇襲で声を出したら意味ねえだろ。二流以下のシロウトめ」

「がっ……」

跳びかかってきた男の短刀をひらりと躱し、一刀のもとに首を両断した。

ついでに男の手から離れた短刀を空中でキャッチし、矢が飛んできた方向へ投げつける。

「ぎゃあっ⁉」

「命中――――！　さあ、次！」

俺の呼びかけに答えたわけではないだろうが、前方から剣を持った男が二人、後方から斧《おの》を持った男が一人、挟み撃ちをする格好で飛び出してきた。

「はあああああっ‼」

「死ねえっ！」

前方から迫りくる二本の刃。身体を斜めにしてその隙間をスルリと通り抜ける。

「なっ⁉」

一方の男の手を引いて体勢を崩させ、背後に回り込んで背中を蹴飛ばした。

「よいしょ、と」

「う、ぎゃあっ⁉」

蹴飛ばした先には俺の背中を狙って今まさに斧を振り下ろした男がいて、味方の頭をかち割ってしまう。

「付け焼刃の連携でこの俺を討ち取れると思うなよ！」

挑発しながらもう一人の剣を持った男を剣で斬り捨てる。これで残りは斧使いが一人になった。

「ち、くしょうっ‼」

「あっ、こら！」

斧使いが武器を地面に投げ捨てて、一目散に逃げだしていく。予想外の逃走に追撃が出遅れてしまった。

「同士討ちしたあげくに一人で逃げだすとか、お前いったい何しに来たんだよ！　仲間の仇討《かたきう》ちをしようとか思わないのか⁉」

「うるせえ！　自分の命が一番大事に決まってんだよ！　味方なんて知るか！」

いっそ清々しいほど身勝手なことを叫びながら、男の気配は闇の中へ消えていった。

暗闇を追いかけるのは危険も大きい。ここは見逃すしかなさそうだ。

「はあ、しまった……誰に依頼されたか聞き出すのを忘れてた」

やれやれと頭を掻きながら剣を鞘《さや》に戻して、地面に置いたランプに手を伸ばした。

「ぎゃあああああああああ‼」

「ん？」

と、そのとき、闇の中から断末魔の悲鳴が聞こえた。

聞き間違いでなければ、先ほど逃走した男の声である。

「味方……じゃ、なさそうだな」

「そうだな、私は貴方の味方ではないよ」

返答を期待しての言葉ではなかったが、闇の中から答えが返ってきた。草原を風が吹き抜けるような、涼《すず》し気な女性の声である。

コツ、コツ、コツ、コツ、コツ。

ゆっくりとした足音が聞こえ、やがて声の主が月明かりの下に姿を現した。

「へえ……月下美人とは、悪くない」

「言葉の意味はよくわからないけど、褒めてくれているのは理解できたよ。とりあえず、感謝しておこうかな」

銀色の長髪を背中に流した美女。手には槍が握られている。

彼女はその柄《え》をくるりと回して、穂先《ほさき》をこちらに向けてきた。

一連の所作は洗練されており、ある種神秘的でさえある。

(なるほど、たまには夜遊びもいいもんだ……!)

楽しい夜になりそうだ。

俺は獣のように笑って、月下に立つ麗人に剣先を向ける。

そして目を細めて女性の頭からつま先までをまんべんなく観察して、深々と頷いた。

(なるほど、かなり殺《や》ってるな)

彼女の構えには、およそ隙らしいものが見当たらない。

うかつに斬り込めばあえなく突き殺されてしまうような、油断ならない空気を身にまとっている。

間違いなく歴戦の傭兵《ようへい》、あるいは騎士だろうか。

（そこに転がっている黒ずくめとは比べ物にならない。本日、最大の敵だな。それにしても……）

女性は簡素な白いドレスの上に革製のハーフプレートを付けており、ドレスには深いスリットが入っている。

スリットからは白い生足が大胆に覗いていた。きめ細やかな肌が月の光を弾《はじ》いて夜闇に輝いており、なんともまあ美味しそうに見える。

「随分と煽情的《せんじょうてき》な格好だな。暗殺者にしては目立ちすぎじゃないか？」

目の前の女性が殺し屋なのが残念で仕方がない。彼女が商売女であったのなら、机に金貨の山を積んでみせるものを。

しかし、彼女の口から意外な言葉が放たれた。

「ああ、勘違いをしているみたいだね。私は暗殺者ではないよ。ただの冒険者さ」

「冒険者？」

冒険者というのは、古代の遺跡をはじめとした未開地の探索や財宝の発掘、害獣の討伐などを生業《なりわい》とする武装集団のことである。

マクスウェル辺境伯領には遺跡が少ないためにあまり姿を見かけないが、太古の遺跡群が多く残っている北方地域では、冒険者を統括《とうかつ》するギルドと呼ばれる組織が国家と並ぶ一大勢力として君臨していた。

「魔物じゃあるまいし、冒険者の討伐対象にされる覚えはないんだけどな」

「この国ではそうかもしれないが、あいにくと私の出身は東の帝国なんだよ。帝国の冒険者ギルドでは、ディンギル・マクスウェルの首に、城が買える金額の懸賞金がかけられているんだ」

「はっ、そりゃあ光栄だな」

どうやら、彼女はお隣の帝国から差し向けられた刺客らしい。

帝国とランペルージ王国は北と東で国境を面しており、過去に何度か戦端を開いている。

俺も何度か帝国との戦いには参加している。名のある将を討ち取ったこともあり、恨まれる覚えは山のようにあった。

冒険者の美女は槍の先端で地面に倒れている死体を指して言う。

「もっとも、そこに転がっている連中とは今回組んだのが初めてで、素性は知らないけどね。闇討ちにも慣れていたみたいだし、本職の暗殺者だったかもしれないいな」

「そうか。それにしても、よかったのか？　さっき逃げた奴を殺したのは君だろう。彼らが冒険者じゃないとしても、仲間殺しは冒険者の御法度《ごはっと》じゃなかったか？」

同士討ちを咎めてみせると、彼女は笑いながらこともなげに答える。

「構わないさ。雇い主が同じというだけで、仲間と呼べるほどの間柄ではないからね。もともと私は今回の襲撃には反対していたんだよ。ディンギル・マクスウェルほどの名の知れた戦士と戦えるというのに、大勢で闇討ちするなんてもったいないじゃないか」

「もったいない、だって？」

怪訝《けげん》に思ってそう聞くと、美女は頷いた。

「ああ、私は正面から一人ずつ、順番に決闘を挑もうって提案したんだよ。最初の一人が殺されたら二人目、二人目が殺されたら三人目、三人目が殺されたら四人目……という具合にね。まあ、私の作戦はあっさり却下されて、除《の》け者にされてしまったんだけど」

どことなく残念そうに説明する美女。

正々堂々として素晴らしいことではあるけれど、それはもはや作戦ではないな。

この女は外見がクールなだけで、実はただの馬鹿なんじゃないだろうか。

「まあ、結果として二人きりになれたんだから、よしとしよう。私はね、君と戦ってみたくて今回の依頼を受けたんだよ。もう邪魔者もいないし、存分に斬り結ぼうじゃないか」

「……なるほど。そういう手合いか」

世の中には、命がけの戦いに生きがいを見出すタイプの人間が存在する。いわゆる戦闘狂《バトルジャンキー》と呼ばれる、ハタ迷惑な人種だ。彼女はそれにあたるらしく、俺と殺し合うことしか頭にないようだ。

「……できれば美女との戦いはベッドの中だけにしたいんだけどな」

俺が嘆息して心からの言葉を吐き出すと、美女は真顔で言う。

「私を殺したあとで好きにすればいいじゃないか。死後なら抵抗もできないし、どんなことだってやりたい放題だぞ？」

「人をどんな趣味の持ち主だと思ってんだ……自分が殺した女の死体を抱くとか、夢に出るわ」

「我《わ》が儘《まま》だな。それくらい我慢したまえよ」

「俺がおかしいのかよ⁉」

どうやら、会話は成り立たないらしい。

俺は、ふ――と長い息を吐き出して、改めて剣を構えた。

そして彼女の豊かな胸元に切っ先を突きつける。

「話し合いに意味はなし、か。こっちで語り合ったほうが早そうだな。こうなったら生け捕りにさせてもらうとしよう。身動きできないくらいに痛めつけて、その辺の連れ込み宿に引きずり込んでやるよ」

「面白いことを言うじゃないか。私が生け捕りにできる程度の腕か、試してみるといい！」

「そうするさ……ディンギル・マクスウェルだ。名乗りなよ、月下美人」

俺が名乗りを上げると、美女は獲物を前にした雌獅子《めすじし》のように牙を剥いた。

「シャナ・サラザールだ！　さあ、血沸き肉躍《おど》るような闘争を愉《たの》しもうじゃないか‼」

月下の美女――シャナが槍を突き、俺は剣を振るって応える。

二つの金属が激しく衝突して、闇夜に鮮やかな火花が咲いた。

11　魔槍と魔剣

スラム街の空き地に、金属のぶつかる音が幾度となく響く。

「ふ、ふ、は、は、ははは、ははっ、楽しいぞ！　ディンギル・マクスウェル！」

「そりゃあ、結構！　こっちは命がけなんだけどな！」

右から迫る刃を剣で弾《はじ》いたと思ったら、左から石突《いしづき》が繰り出される。

上から振り下ろされる斬撃を躱したと思ったら、下から打撃が襲い掛かる。

間断なくシャナが放ってくる攻撃に、俺は防戦を強いられていた。

槍という武器が剣に勝《まさ》っている点は、大きく二つ。

一つは当然、リーチの長さ。もう一つは、刃と石突の両方で攻撃ができる点である。

シャナの槍は野戦《やせん》で兵士が使うものよりもかなり短い。その短い槍をクルクルと回転させ、遠心力を利用して休みなく攻撃を続けてくる。

俺が一回剣を振るう間に、シャナは刃と石突で二回攻撃をすることができる。俺とシャナのスピードはほぼ均衡している。となると、攻撃回数で劣《おと》るこちらが圧倒的に不利だった。

「どうしたどうした！　マクスウェルの麒麟児の力はそんなものか！」

自分の優位を確信しているのか、シャナは高らかに叫びながら、こちらが体勢を立て直す間を与えず攻撃を続ける。

「はっ、美女に格好悪いところは見せられないな！　それじゃあ、ちょっと頑張ってみようか‼」

俺は石突の一撃を避けると同時に、剣を握る右手とは逆の手で掌底を繰り出した。狙う場所は、シャナが握っている槍の真ん中、回転の軸となっている部分。

「くうっ⁉」

どれほど高速回転であっても、それが円運動である以上、中心となる軸がある。

軸の部分は運動が停止しているため、俺が放った打撃を受け流すことができない。

シャナは衝撃をそのまま喰らって後方へと押し飛ばされた。

「お見事……この短時間で私の槍を見切ったか！」

「女性の急所を見切るのは得意中の得意でね、っと！」

足元に転がっていた石を、剣先ですくい上げるようにして弾《はじ》き飛ばす。

しょせん小石と侮《あなど》るなかれ。高速で弾《はじ》かれた石は、頭部に命中すれば昏倒する程度には威力がある。

「わっ⁉」

間合いの外からの攻撃を、シャナは慌てて槍で受け止めた。

ようやく回ってきたこちらのターン。俺は手を休めることなく、石を飛ばし続ける。

「っ、くっ、き、器用なことをしてっ！」

シャナが投石を防ぎながら距離を縮めてきた。

俺はバックステップを繰り返して、近づかれた分と同じだけ距離を取る。

もちろん、その間にも石での攻撃は続けている。あの厄介な槍の間合いになど、二度と入ってやるものか。

「はっ、美女に追いかけられるのも悪くないな！」

「く、ううっ、嫌らしい攻撃を……こうなったら……」

すう、とシャナが石を弾《はじ》き返すことをやめ、腰を引いて槍を構える。

一見、隙だらけの姿勢。肩や足に石が命中しているが、気にする様子はない。

（なんだ……？）

嫌な気配を感じ取り、俺は警戒を強めた。

次の瞬間、俺の予想は当たっていたと思い知る。

「『水蛇《シースネーク》』！」

「うおっ⁉」

シャナが槍を突き出すと、その穂先から水の蛇が飛び出した。

成人男性の腕ほどの太さの蛇が、一気に距離を詰めてこちらに向かってくる。

とっさに地面を転がって蛇の牙を躱すと、水の蛇は背後にあった石の壁を貫いた。

「その槍……魔具《まぐ》か！」

「ご名答！　これぞ我が愛槍【海魔竜神《レヴィアタン》】！」

現在、この世界には魔法と呼ばれる力は存在しない。

それはおとぎ話の中だけにあるもので、魔法使いと称される者達は、あくまでも伝説上の存在だ。

しかし、約千年前の過去の世界には魔法が技術として普及していたらしく、現在でもその遺物である魔法の道具が、遺跡などから発掘されることがあった。

それが『魔具』――かつて存在した魔法文明の遺産であり、魔法なき現在に幻想の力を再現する奇跡の道具である。

「帝国のとある遺跡で、私が発見した魔具だよ。能力は見ての通り！」

シャナが二度槍を振ると、二匹の水蛇《シースネーク》が出現して俺に襲い掛かってくる。

「ちっ！」

左右から襲いくる蛇を辛くも避ける。ギリギリ避けきれなかった左腕がわずかに喰い破られて、地面に血が飛び散った。

「水でできた蛇を生み出し、相手にぶつけることができる。しょせんは水だから鋼鉄を破るほどの威力はないが、石程度なら破壊できるし、人間の首を噛みちぎるくらいは容易い」

「ああ、痛感してるよ。大したもんだなあ！」

俺は表情を歪《ゆが》めて怒鳴った。

せっかく出会えた美女が俺の命を狙う刺客で魔具使いとか、あまりにも理不尽すぎる。

「……確かに、生け捕りは難儀《なんぎ》な相手だな」

「殺すことは簡単だと言っているように聞こえるが。ふふふっ、本当に血沸き肉躍る相手だな。抱きしめてキスをしてあげたいくらいだよ」

「してもいいぞ。大歓迎だ！」

「君を殺したあとで、死体にするとしよう！」

ブンッ、ブンッ、ブンッ、ブンッ、ブンッ！

たて続けに槍が振るわれ、水蛇《シースネーク》が襲い掛かってくる。

俺は再び防戦一方となってしまい、スラムの空き地を走り回った。

距離を取ったことが、かえって仇《あだ》となっていた。反撃の糸口がつかめないままに、息を切らして走り続ける。

（本当に大した女だな……でも）

絶体絶命の状況ではあったが、焦《あせ》りはなかった。

今は反撃ができない。しかし、猛攻が長く続かないことを確信していた。

「逃げ回るだけか⁉　私を生け捕りにするのではなかったのか！」

「いや、逃げてるだけでいいんだよ。どうせすぐに君が倒れるから」

「なんだと⁉」

俺が言い放つと、シャナは形のいい眉《まゆ》を吊り上げた。

「魔具使いとは何度か戦ったことがあるけど、魔具は無限に使い続けられるものじゃない。使い続けていれば、必ず力尽きるものだ」

そう、魔具は使用するごとに使用者の体力や気力、あるいは俺達の知らない『何かの力』を消耗してしまう。

「さっきから随分とその槍を使い続けてるけど、疲労が目に見えてわかるぜ？　そんなに色っぽく汗を掻いちゃバレバレだ」

「む……」

先ほどまでは余裕綽々《よゆうしゃくしゃく》とばかりに槍を振っていたシャナであったが、魔具の力を使い始めてからは、相当な量の汗が流れ出ていた。

スリットから見える脚がしっとりと濡れているのを見れば、疲れ切っていることは明白である。

「俺は攻撃する必要なんてないんだよ。君が倒れるのを待って、それからお持ち帰りすれば終わりだ」

「ほう、私の体力が尽きるまで、蛇を避け続けることができると？」

「はっ、それこそ余裕だ」

俺は鼻で笑って挑発し、その勢いのままに、指を突きつけて宣言してやる。

「その槍から出る蛇は一見縦横無尽の動きをするようで、一定のパターンがあるよな？　槍を上から振り下ろしたら蛇も上から。右から振ったら右から。槍の動きと蛇の動きがリンクしている。槍さばきをよく観察していれば、蛇を躱すのは難しいことじゃあない！」

「見抜いていたのか……！」

「切り札、っていうのは一撃で確実に相手を仕留めなければ意味がない。そんな風に無駄撃ちしたら、分析してくれって言ってるようなもんだぜ？　ちょっと実戦経験が足りないんじゃないか？」

おそらく、水蛇《シースネーク》を避けることができるような強敵と戦った経験がほとんどないのだろう。

戦い方があまりにも正直すぎる。切り札をギリギリまで隠してここぞという場面で使う、そんな戦いの駆け引きがまるでできていなかった。

シャナはしばらく無言だったが、やがて静かに口を開く。

「……なるほど。よく勉強になったよ」

「わかったのなら降参してほしいんだがな」

「だが……勘違いしているな。私がいつ『水蛇《シースネーク》』を切り札だと言った？」

「ん？」

「切り札というのは、こういうものを言うのだよ‼」

シャナが槍を最上段まで掲げ、一気に振り下ろす。

すると、槍の穂先から膨大な水がほとばしった。

「おおっ⁉」

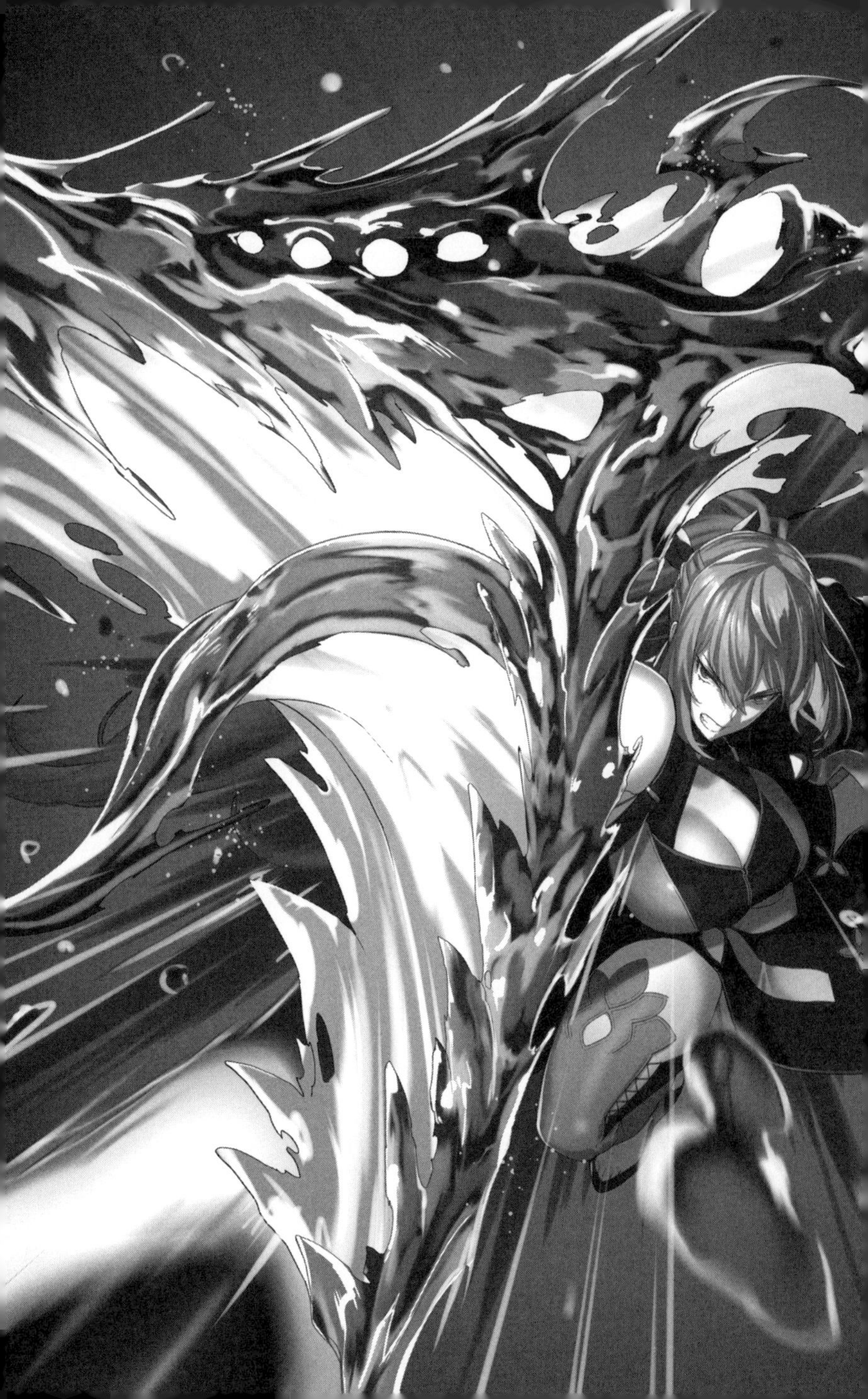

「これぞ我が槍の奥義――『水竜《シーサーペント》』‼」

さきほどまでの水蛇《シースネーク》とはまるで違う、津波のごとき巨大な水の竜が襲い掛かってくる。

大きさもスピードも、全てにおいて段違いだ。

「偉そうなことを言うのなら、躱してみるがいい！　これが私の最大出力だ‼」

「いや、無理だろ……こりゃ、躱せないな」

至近距離から放たれた巨大な水竜《シーサーペント》は、とてもではないが避けることはできない。回避は諦めるしかなかった。

「仕方がない…………斬り込むか！」

「なっ⁉」

俺は迫りくる水の竜に逃げることなく立ち向かった。

自らの意志で、その巨大な口の中へ飛び込んでいく。

「ヤケになったか！」

「そうでもない、ってなあ‼」

俺は手に持った愛剣を振りかぶって一閃《いっせん》する。

白刃《はくじん》に斬り裂かれて、水竜《シーサーペント》が左右に両断された。

「なっ⁉」

「【無敵鋼鉄《ジークフリート》】！」

両断された水竜《シーサーペント》はただの水に戻り、勢いを失って地面に落ちる。池のように大きな水たまりになった水竜《シーサーペント》には、もはや攻撃力はなかった。

俺は跳び込んだ勢いそのまま、呆然としていたシャナに飛び蹴りする。

「とおっ！」

「ぐっ……！」

最大出力で魔具を使ったことで体力を使い切ってしまったのか、シャナは棒立ちになったまま腹部に蹴りを受け、後ろに吹き飛んでいく。

シャナの手から、【海魔竜神《レヴィアタン》】が離れて転がった。

「その、剣も……魔具だったのか……」

よろよろと上体を起こし、絞り出すようにシャナが言った。

「言っただろ、切り札はここぞというときまで隠しておくんだよ」

俺が持つ【無敵鋼鉄《ジークフリート》】は、ありとあらゆる魔法の力を断ち切るという力を持つ魔具である。

魔法が存在しないこの時代ではただのよく斬れる剣でしかないのだが、相手がシャナのような魔具持ちであれば大きな力を発揮する。

「最初から、その剣の力を使えば……もっと簡単に私を倒せたのでは……」

「それだと、君を生け捕りにできないじゃないか。約束しただろう？　宿に引きずり込んでやるって」

魔具の力を抜きにしたとしても、シャナは紛れもない槍の達人である。

仮に最初から俺が剣でシャナの水蛇《シースネーク》を無効化していたとしたら、シャナは純粋に槍の技だけで俺と戦おうとしただろう。

そうなってしまったら、彼女は今のように体力切れを起こすこともなく、無傷での生け捕りは不可能だったかもしれない。

「なるほど……最初から手加減をされていたわけか。ふふ……どこまで私を抱きたいのだ……」

「命を懸ける程度には、価値のある女だと思ってるさ」

「そこまで求められると、悪い気はしないな……ああ、まったく……惚れ惚れする強さだなあ……」

そうつぶやき、シャナは再び地に崩れ落ちる。完全に気を失ってしまったらしい。

俺は剣を鞘に納めて、地面に横たわるシャナの身体を抱きかかえた。

「うん、思ったよりも軽いな」

ぐったりとした彼女の肢体《したい》を上から下まで舐めるように眺め、俺は満足して鼻から息を吐く。

「やはり間違いなく極上だな。これほどの女を抱くことができるとは、夜遊びもしてみるもんだ……そろそろ出てきたらどうだ？　いるんだろ？」

「ヒヒッ、ばれてましたか」

闇の中に声をかけると、痩せた男が姿を見せた。

この男こそが、俺がわざわざ夜更けにスラムまで会いに来た目的の人物である。

「随分前から見てたんだろ？　助太刀《すけだち》してもよかったんだぜ」

「ご冗談を。あんな勝負に割って入れる腕は持ってませんよ。ヒヒヒッ」

以前、『人喰い虎』の討伐でスパイに送り込んだこの男の名はクラウン。『道化《クラウン》』という名前は明らかに本名ではなさそうだが、どうでもいいことだ。

「また頼みたい仕事があるんだが、時間はあるか？」

「もちろんでございますとも。今は平和な世の中ですから、私のような者は仕事がなくて困ります」

「そうか、じゃあ、とりあえず荷物持ちを頼もうかな」

「ヒヒッ？　荷物？」

俺は顎《あご》をしゃくって、地面に転がっている【海魔竜神《レヴィアタン》】を示す。

「俺は両手がふさがっているからな。それを持って近くの宿までついてきてくれ。彼女のことを介抱してやらなきゃいけない」

そう、先ほどの戦いでケガを負っているかもしれないから、それはもう、たっぷりと、念入りに手当てしてあげなければ。

「あー、えーと……それが用件ですかい？」

「今日のところは、最優先事項だ」

呆れたように聞いてくるクラウンに、俺は断言した。

どんな仕事の依頼だろうが、目の前の美女の身体より優先されるものはない。

「もう一つの仕事のほうは、またの機会にするよ。別に急ぎじゃないからな」

「ヒヒッ……そうですかい……」

若干、呆れた様子のクラウンは、しかし口答えすることなく槍を拾って俺の後ろをついてくる。

空を見上げると、ちょうど満月が天頂《てんちょう》にさしかかっていた。

「今夜はいい夜だ」

俺は万感の思いでつぶやき、汗で湿った美女の太ももを撫でるのであった。

12　メイド達の憂鬱《ゆううつ》

【side　エリザ】

私の名前はエリザ。

東方筆頭貴族であるマクスウェル家に仕える使用人で、次期当主であるディンギル坊ちゃまの専属メイドでもあります。

「それじゃあ、出かけてくる。今日も帰りは遅くなるから」

「はい、いってらっしゃいませ。坊ちゃま」

私は丁寧にお辞儀して、ディンギル坊ちゃまを送り出しました。

坊ちゃまの乗った馬車が見えなくなるまで頭を下げ続け、馬車が曲がり角で見えなくなってからようやく頭を上げます。

マクスウェル辺境伯家の使用人として、そして坊ちゃまに仕える女として、常に恥じない行動を心がけなければなりません。

「さて、今日も坊ちゃまはどこかへお出かけ……」

最近、私が気になっていることは、坊ちゃまの外出が増えていることです。帰宅も遅く、外泊することすらあります。

私達を求める回数も少し減っているように思えますし……いえ、別に不満というわけではありません。むしろ気を失うまで抱かれることがなくなって助かっているといいますか……まあ、それはいいとして。

「サクヤ、いますね」

「もちろんです。エリザさん」

私が呼びかけると、いつの間にか背後に控えていたサクヤが返事をします。

相変わらず、この子は妙に気配が薄いですね。歩くときはまったく足音もしませんし、この仕事に就く前はいったい何をしていたのでしょうか。

「坊ちゃまの最近の行動には不自然な部分があります。おそらくは……」

「新しい女の影、ですね」

サクヤも私と同じことを考えていたようです。

私は頷いて言葉を続けます。

「それがわかっているのなら、私が言いたいことはわかりますね」

「尾行ですね。得意分野ですのでお任せください」

そう返事した瞬間、シュバッ、とサクヤの姿が消えてしまいました。

彼女の姿を探して周囲に視線を巡らせると、メイド服のスカートを両手でつまみながら、サクヤがすごい速さで塀《へい》の上を駆け抜けていくのが見えます。

「いつ見てもすごい動き……あの子、いったい何者なのかしら」

サクヤは三年ほど前に坊ちゃまがどこかから連れてきた女の子で、屋敷に来たときにはすでに坊ちゃまのお手付きになっていました。

彼女がそれまで何をしていたのかは、坊ちゃま以外は誰も知りません。

掃除も洗濯もできないのに、刃物の扱いだけは妙に上手い。

やたらと毒物について知識が深い。

屋敷に侵入した泥棒を、おかしな格闘術で捕まえたこともあります。

おそらく特殊な仕事に就いていたとは思うのですが……まあ、人の過去を詮索《せんさく》するのはよくありませんね。

「さて……サクヤの分まで仕事をしないと」

私は屋敷に戻り、使用人としての仕事に取りかかりました。

「シャナ・サラザールさん、ですか」

「はい、その女がディンギル様の新しい愛人のようです」

サクヤは夕方頃に帰宅しました。玄関が開いた音はまったく聞こえなかったのですが、いつの間にか私の背後に立っていて、思わず悲鳴を上げそうになりました。

きちんと仕事は済ませてきたらしく、坊ちゃまの新しい愛人の詳細を私に報告してくれます。

「なるほど、帝国に雇われた刺客ですか……危険ですね」

「はい、今はディンギル様の別荘で生活しているようです」

坊ちゃまはマクスウェル家の領内に専用の別荘を持っており、そこに子飼いの部下を住まわせています。屋敷に連れてくることができない女性を囲ってもいて、シャナさんもその一人に加えられたようです。

「始末しましょうか。かなりの達人のようですが、毒殺でしたら不可能ではないかと」

と、サクヤが物騒なことを言ってきたので、私は首を横に振りました。

「いえ、やめておきなさい。しばらくは放置して様子を見ましょう」

「……よろしいのですか?」

サクヤが無表情ながらも、やや不満そうな声で確認してきます。

「ええ、私は別に坊ちゃまが女を囲う分には構いませんから。もちろん、その女が坊ちゃまの不利益にならないことが前提ですけど」

勘違いしないでほしいのですが、私は別に嫉妬《しっと》から坊ちゃまの女性関係を調べているわけではないのです。

そもそも、私もサクヤも坊ちゃまの愛人ではあっても、妻というわけではありません。坊ちゃまがどこで女を作ったとしても、責める資格など持っていません。

それでも私がこうやって坊ちゃまに近づく女を調べさせているのは、その女が坊ちゃまの害にならないかを確認するためです。

「坊ちゃまは女性に対しては妙に抜けてると言いますか、隙ができてしまう部分がありますからね。私達が陰からサポートして差し上げないと」

私はしみじみと思いながら言葉を続けました。

聡明で狡賢《ずるがしこ》い坊ちゃまですが、女性に対してだけは脇が甘いところがあります。

セレナ様が浮気をしていることにも気がついていなかったようですし、悪い女に騙されないとも限りません。

実際、過去にもマクスウェル家の権力や財産が目当てで坊ちゃまに近づいてきた女を、私とサクヤで排除したことも何度かあります。

「そのシャナさんという女性は、報告を聞く限りは坊ちゃまの脅威になりそうではありません。武人肌で人を騙すタイプには思えませんし、正面からの戦いであれば、坊ちゃまが後《おく》れを取るわけがないでしょう。たとえ相手が美女で手加減したとしても」

「確かに。その女が暗殺者だったとしても、ディンギル様なら問題ないですね。私に殺せなかったディンギル様が、他の暗殺者に殺されるわけがないでしょうし」

「…………」

ものすごく聞き捨てならないことを耳にした気がするのですが、スルーしたほうがいいのでしょうか？

……………うん、流しましょう。突っ込んでとんでもないものが出てきても恐ろしいですし。

「まあ、いいでしょう……あくまでも私達が対処するべきなのは、ディンギル様が苦手としているハニートラップだけですから。シャナさんについては放置としましょう」

「わかりました。ああ、ところで、エリザさん。最近、ご無沙汰なディンギル様を誘惑するいい技があるのですが」

「え？」

「いいですか、まずは服を脱いで足を揃えて座って。そうそう、そこでお酒を……」

サクヤから東方に伝わる謎の技を仕込まれつつ、今日も私は愛しい主の帰りを待つのでした。

ちなみに、そのプレイは思いのほか好評で、その日の夜、私とサクヤは久しぶりに気絶するまで坊ちゃまに可愛がっていただいたのですが、それはただの余談ですね。

13　馬鹿は進むよ、どこまでも

【side　サリヴァン・ノムス】

「くそっ、くそっ！　なんで、どうしてこんなことになったんだ‼」

私の名前はサリヴァン。この国の王太子……で、あった者だ。

私はつい先日、とある行き違いと誤解のために王家から廃嫡されてしまい、おまけに辺境の貧乏男爵家に婿入りすることになってしまった。

ノムス家に与えられた部屋で、私は届いたばかりの手紙を握り潰していた。

その手紙は先日、王都にいる友人に、王太子へ復帰するために協力してほしい旨を書いて送った手紙への返答であった。

送った手紙は十五通だが、返ってきた手紙はたったの三通。

おまけに、返事の内容は全て「協力はできない」との回答である。

「なぜだ……どうして、みんな、私の力になろうとしないんだ！　かつての忠義の誓いは偽りだったというのか！」

友人達は全員、自分に忠義を捧げ、この国をともによくしていこうと誓った仲間達である。

しかし、彼らは自分が王太子でなくなった途端に、手の平を返して自分との縁を断とうとしている。それがどうしようもなく許せなかった。

「私がなんでこんな目に遭わなきゃいけないんだ……！」

これも全て、あのマクスウェルの凶悪な殺人鬼と、無能な妻セレナのせいだった。

私にはかつて、完璧な婚約者がいた。彼女の名はマリアンヌ・ロサイス。

彼女は誰よりも美しく、気高く、まさにランペルージ王国の王となる私の花嫁として相応しい女性だった。

そんな彼女の完璧さに気後れしてしまい、私はほんの出来心から些細《ささい》な浮気をしてしまった。

そう、あくまでも出来心であり、些細な、浮気だ。

しかし、そんなごく小さな過ちをマリアンヌは許すことなく、私との婚約を本当に破棄してしまった。

今思えば、私は本気でマリアンヌとの婚約を破棄したかったわけではないのだと思う。

私はあくまでも、彼女の愛情を確かめたかっただけなのだ。

「自分を捨てないでほしい」と涙ながらに懇願してくる彼女の姿を見て、やはりマリアンヌは自分を愛していたのだという確認をしたかっただけなのだ。

あくまでもあれは婚約者の愛情を確かめるための、ささやかな悪戯《いたずら》。

（それなのに……ディンギル・マクスウェルめ……!!）

その些細な過ちを、あのディンギル・マクスウェルとかいう田舎貴族が必要以上に大ごとに仕立て上げ、マリアンヌとの仲を修復不可能なまでに破壊してしまった。

あの男さえいなければ、すぐにやり直すことができたはずなのに。

マリアンヌと元通りの関係に戻れたはずなのに。

王太子でいることができたはずなのに。

（それに、セレナもセレナだ。私がこんな苦しみを味わっているというのに、慰めの言葉一つかけることなく、部屋で泣いてばかりじゃないか……！）

全てを捨てて一緒になった妻は、とてもではないが自分と釣り合う女ではなかった。

地位もなく、教養もなく、容姿も身体つきもマリアンヌの足元にも及ばない。

夜の営みのほうも、鬱憤《うっぷん》を晴らすために少し乱暴にしただけで「痛い、痛い」と泣き叫び、すっかり冷めてしまった。

今、冷静になってみれば、自分がどうしてこんな女に夢中になったのか不思議で仕方がなかった。

（あのときは、きっとおかしな薬物を盛られていたに違いない……ひょっとして、これもマクスウェルの差し金か!?）

有能な王太子である自分を追い落とすために、ディンギル・マクスウェルが婚約者を使って自分を嵌めたというのなら全て納得がいく話である。

（私は何一つ悪くなどなかった……全てはあの男のせいだ……！　くそ、くそくそくそ、クソクソクソクソ糞っ‼）

私は机に拳を叩きつけ、憤然《ふんぜん》と椅子から立ち上がった。あの男の顔を思い浮かべると、腹の虫がおさまらない。

「酒でも飲まないとやってられん！」

乱暴にドアを開け、玄関に向かって歩いていく。

途中で使用人とすれ違うが、彼らは挨拶もせずにそそくさと通り過ぎていった。そのことにさらに腹を立てながら、私はドカドカと乱暴な足取りで廊下を進む。

「おや、お出かけですか？」

「ああ⁉」

玄関の扉を開こうとした私に声をかけてきたのは、この家の長男であるクレイ・ノムスであった。

「次期当主としての仕事もせずに、いったいどちらにお出かけになるのですか？」

「……町を視察に行くだけだ」

私はできるだけ感情を込めずに答える。

この男の顔を見るたび、先日のマクスウェル邸で床に頭を押しつけられた屈辱が蘇《よみがえ》ってきてしまう。

（覚えていろよ、私が王太子に戻ったら……）

目の前の男を確実に殺す——それを心に固く誓う。

クレイはわざとらしく目を丸くした。

「おやおや、視察ですか。それはそれは、ご苦労様です。どうか飲み屋以外の場所もきちんと視察してきてくださいね」

「ぐっ、当然だ！」

飲み屋に行くことがばれていた、と私は羞恥《しゅうち》から顔を熱くする。

「せいぜい帰りはお気をつけて。酔っ払いに刺されて死んだって、泣いてくれる人はいないんですからね」

「………っ！」

思わず怒鳴り返しそうになるのを抑えつけて扉を開く。代わりに、ドアを思い切り叩きつけて閉めた。

「くそっ、男爵家ごときが舐めやがって！　これも全て……」

——マクスウェルのせいだ！

心の中で憤怒《ふんぬ》の雄叫びを上げて、私はノムス家をあとにした。

「くそっ……くそっ……畜生《ちくしょう》がっ……！」

飲み屋にたどり着いた私は、グラスに注《つ》いだ酒をひたすらあおっていた。

この店にはもう何度か通っている。店の中には、私が誰だか察している者もいるようだった。しかし誰一人私に挨拶さえすることなく、遠巻きにこちらを眺めている。

(私は王太子なんだぞ！　お前達とは生まれも育ちも違うんだぞ！　もっと敬意を払ってもいいじゃないか！)

「クソがっ！」

さすがに不満の全てを口に出す愚は犯さなかったが、どうしてもその一部が抑えられずにこぼれ出てしまった。

私の口から漏れ出た悪態を聞いて、また周囲の人間が距離を取る。それを頭ではわかっていながら、愚痴を止めることができない。

(クソがっ、どいつもこいつも舐めやがって！)

「もう一杯、酒を出せ！」

「……旦那さん、今日は持ち合わせはあるんですかい？」

呆れたような調子で聞いてくる店員に、苛立ちが増す。

「私は貴族だぞ⁉　財布など持ち歩くわけがないだろうが！　ノムス家に請求書を送れっ！」

私が怒鳴りつけると、店員が、はあ、と溜息をついた。

「では、今日はここまでということで。お帰りはあちらですよ」

「なっ⁉　私を誰だと思っている！　ノムス家の跡継ぎだぞ⁉」

不敬極まりない態度の店員に頭が沸騰《ふっとう》しそうになる。

机に拳を叩きつけて怒鳴ると、店員は白い目でこちらを見てきた。

「申し訳ありませんが、そのノムス家から連絡がありました。サリヴァン様には無銭飲食をさせるなと申しつかっています。今日飲んだ分のお代は結構ですから、もう来ないでいただけますか？」

「な、馬鹿なっ⁉」

（ノムス家から連絡だと⁉　私が無銭飲食⁉　虚仮《こけ》にするのもいい加減にしろ！）

怒りに任せて腰の剣に手をかけたとき、背後から鋭い声がかけられた。

「お客さん、うちの店員が何か？」

がっちりと肩を掴まれる。驚いて振り返ると、店が雇っている用心棒の、筋骨隆々《きんこつりゅうりゅう》とした姿があった。

「ぶ、ぶぶぶ、無礼な……」

「ああっ⁉　何様のつもりだ、酔っ払いが！」

「ひっ⁉」

私はびくりと肩を震わせて、剣の柄《つか》から手を離した。

用心棒の男が強引に私を店の外まで引きずり出す。それを見ていた店の客から笑い声が上がった。

「ははははっ！　みっともねえ！」

「金もないのに飲み食いとはいいご身分だ。さすがは『元』王族様だぜ！」

「うう……」

酔っ払いから飛ばされるヤジが胸に刺さる。かつてないほどの惨《みじ》めな思いが、私を襲う。

（いつから私はこんなに弱くなったのだ。栄光と勝利に包まれた私の人生は、どこに行ったのだ⁉）

みすぼらしい、負け犬のようにその場を離れようとした私だったが――

「皆様方、そのくらいにしていただけますかな？」

そこで、救いの手が差し延べられたのである。

私が顔を上げると、そこには身なりのいい服を着込んだ紳士が立っていた。

四十代ほどの男で、丁寧に髭を整えた顔からは教養のある文化人であることが窺える。

いずれかの貴族か、それに仕える上級使用人か。どちらにせよ、場末の酒場にいるような身分の人間には見えなかった。

「皆様、こちらにいらっしゃる方は畏《おそ》れ多くもランペルージ王国の王族の血を引くお方。たとえ王籍から排されたとしても、我ら臣民が敬うべき血統に連なるのですぞ。そのお方に侮辱の言葉を浴びせるなど、王国臣民として恥ずべき行いではありませんかな？」

「う……」

「で、でも……」

小さい声で言い返そうとする酔っ払いを、紳士は冷ややかな目で見つめた。

「でも、なんですかな？　王家の血筋を侮辱する、正当な理由をお持ちか？」

「い、いや……なんでもない」

紳士の言葉に、酒場の店員も酔っ払いも揃って引き下がる。

紳士は上着の内ポケットに手を入れて、革製の財布を取り出した。

「こちらのお方の飲み代です。取っておきなさい」

「は、へ……お、お釣りは？」

「結構」

店員の足元に金貨を放り投げる紳士。明らかに私の飲み代の、十倍以上の金額である。

紳士は狼狽《うろた》える店員を無視して、私のもとに歩み寄ってきた。

「差し出がましいことをいたしました。サリヴァン様。どうかお許しを」

「い、いや、助かった」

紳士の言動には、私に対する畏敬《いけい》の念が溢れている。

辺境にやってきてから久しく忘れていた王族らしい敬意ある対応を受けて、思わず涙がこぼれそうになってしまった。

「ああ、名乗るのが遅くなって申し訳ありません。私は王都で官吏《かんり》の仕事に就いているもので、ザイルと申します。この町には出張で滞在しております」

ザイルと名乗った紳士は、私を気遣わしげに見てから微笑んだ。

「よろしければ、私の知り合いがやっている店で飲み直しませんか？　どうぞ、私めに王家の血に連なる方をもてなす栄誉をお与えください」

「う、うむ。いいだろう……許す」

「よかった、ではこちらへどうぞ」

ザイルの案内で、私は飲み屋街の路地を進んでいった。

14　馬鹿は落ちるよ、どこまでも

【side　サリヴァン・ノムス】

路地のかなり奥まで進んだところに、その店はひっそりと建っていた。

「見ての通り小さい店ですが、なかなかいいワインを出します。隠れ家のような店なので、落ち着いて酒を楽しめますよ」

「うむ、いいぞ。悪くない」

薄明かりの店内に入ると、私達以外の客の姿はない。白髪《しらが》の男の店員が布でコップを磨いている。

「さあ、こちらへどうぞ。店主、こちらのお方に一番いい酒を」

その言葉によって出された酒は、王族であった頃に飲んでいたワインと同じ銘酒であった。

口に含むと、王家での生活を思い出してしまい、激しい懐郷《かいきょう》の念に襲われる。

「ささ、もう一杯」

「あ、ああ……」

ザイルの勧めで一杯、また一杯と酒をあおっていく。

「美味いな……本当に、懐かしい味だ。本当ならこの酒を毎日だって飲めたのに、なんで私がこんな目に……」

酒に酔っていく私の口からは自然と、今の生活に対する不満と、ディンギル・マクスウェルに対する憎しみの言葉が出てしまう。

ザイルは嫌な顔一つ見せずにそれを聞いてくれた。

「随分と辛い目に遭われたのですね……おいたわしいことでございます」

やがて私の愚痴が尽きた頃、ザイルが最良のタイミングで慰めの言葉をかけてくれる。

「うむ、まったくだ」

久しぶりに不満の全てを口にしたおかげで、私は数ヵ月ぶりに気分がよかった。酒も進み、心地いい酔いが全身を巡っている。

「それにしても、ディンギル・マクスウェルが王家を軽視しているという噂は真《まこと》だったのですね」

「ああ、あの男ときたら、王国貴族の風上《かざかみ》にも置けん！」

「四方四家の大貴族達には、少なからず王家に反抗する傾向があると聞いております。さすがにこのような事態を放置しておけば王家が軽んじられてしまい、反乱の温床になってしまうでしょう。王国の未来のために、何か対策が打てればよいのですが……」

「ああ、その通りだ。何かいい手はないものか……」

私は顎に手を当てて考える。

これはもはや、私一人の問題ではない。

あのような忠義の欠片《かけら》もない田舎貴族を放置しておけば、王国の未来が危ぶまれる。

（そうだ。あの男をなんとか排除しなければ、この国が滅んでしまう！　これはランペルージ王国のためなのだ！）

「なんとか……そう、ディンギル・マクスウェルを排除……たとえば、暗殺などできればいいのだが……」

その言葉を口にしてから、はっ、と気がついた。

今のはさすがに言いすぎだ。こんなことを誰かに聞かれでもしたら、私のほうが始末されてしまうかもしれない。

慌てて周りを見回す私であったが、幸い他に客の姿はなかった。

店主もいつの間にか店の奥に引っ込んでしまっており、ザイル以外に私の失言を聞いている者はいない。

「す、すまない、今の言葉は忘れてくれ！」

「いえ、忘れるなどとんでもない。大変、いいアイディアであるかと存じます」

「そ、そうだろうか？」

まさか同意されるとは思わなかった。

驚いてザイルの顔を見ると、髭を生やした顔に浮かんでいるのは、極めて真面目な表情である。

「暗殺……そうですな。確かにこの東の大地を愚か者どもから解放するには、それくらい過激な方法をとるしか、もはや手はないのかもしれませんな」

「う、うむ……そうだな」

ザイルに肯定されると、本当にそのような気になってくる。

試しにあの男が血まみれになって大地に臥《ふ》している姿を想像する……なんとも溜飲が下がる思いだった。

「ディンギル・マクスウェルが死ねば王家とマクスウェル家の確執《かくしつ》もなくなりますから、サリヴァン様の戻る道も自《おの》ずと拓《ひら》けましょう。もしくは、サリヴァン様がマクスウェル家を継いで次期辺境伯となる可能性もあるかもしれません」

「私がマクスウェルを!?　さすがにそれは無理だろう！」

自分は一滴たりともマクスウェルの血を引いてはいない。

いくら跡継ぎのディンギルがいなくなったからといって、自分に後継者の椅子が回ってくるとは思えなかった。

「いいえ、可能性がないわけではありません。サリヴァン様」

しかし、ザイルに冗談を言っている様子はない。丁寧に、落ち着いた口調で説明してくれる。

「マクスウェル家の現当主には、ディンギル以外の子供がいません。奥方は遠くに住んでいるようですし、愛人を作っているという話も聞いたことがないのです。また、近しい親類縁者からも後継者となるような年齢の者はおりません。つまり、ディンギル・マクスウェルが亡くなった場合、他家から養子をとって後継者にせざるを得ないのです」

「う、うむ。それはわかった。しかし、私がそれに選ばれるだろうか？」

自分はお世辞にも、マクスウェル家の当主によく思われているとは思えなかった。

自分とセレナの結婚式にも顔を見せなかったし、そもそも息子の婚約者を奪った相手を果たして養子にとりたがるだろうか？

「ものは考えようでございますよ。現在、東方にいる貴族の子弟のなかで最も血筋が優れているのは、間違いなくサリヴァン様でございます。いかにマクスウェルといえども、王家の血を軽んじることはできますまい」

「言われてみれば……」

「加えて、サリヴァン様がマクスウェル家の当主となれば、東方辺境が中央政府の影響下に置かれることになります。王家やロサイス家にとってもそれは大変、喜ばしいことでしょう。サリヴァン様がマクスウェル家の養子となれるよう、全力で支援をしてくれるはずです」

「なるほど……」

聞けば聞くほど、いい話であるように思える。

辺境に追いやられた自分が、その辺境の筆頭貴族の当主となる。自分を追い出した王家やロサイス家に匹敵する力を手に入れる。

私を散々馬鹿にしてきたノムス家の連中も、自分がマクスウェルの当主となれば奴隷のように頭を下げてくるだろう。

（それに、何よりも……）

自分から全てを奪ったあのディンギル・マクスウェルから、逆にあの男が手に入れるはずだった全てを奪い取る。

それはなんとも、気持ちのいい話ではないか。

「暗殺者は、どうやって用意するのだ？」

段々とその気になった私は、具体的な方法についての話を始めた。

王家にいた頃ならまだしも、今の私に暗殺者を用意する伝手《つて》はない。

すると、ザイルが私の耳元に口を寄せて声を潜めるようにして言う。

「サリヴァン様は、『鋼牙《こうが》』と呼ばれる者達のことをご存知ですか？」

その言葉に、私は眉をひそめた。

「馬鹿な。あれは昔からあるおとぎ話のようなものだろう？」

『鋼牙』というのは、ランペルージ王国に五十年も前から流れている、古い噂話に登場する暗殺集団のことである。

いわく、特定の主を持たず、金さえ積まれれば誰の命でも奪う非情の殺し屋である。

いわく、王国で起こった要人暗殺のほとんどに関与しており、王族すら容易く殺すことができる。

いわく、構成員は人間ではなく、魔法文明の時代から生きている人食い鬼の群れである。

そんな馬鹿げた噂ばかりが先行して、悪さをした子供の躾《しつ》けに、「悪いことをすると『鋼牙』に捕まって頭から食べられる」などと使われるくらいだ。

「無論、噂は噂。ほとんどはデタラメでございます」

ザイルはすぐに私の言葉に同意した。そのあとで、「しかし」と言葉を続ける。

「噂はデタラメですが、それでも『鋼牙』は実在するのですよ。ここだけの話でございますが……実は私は、彼らとのパイプを持っております」

「なに？」

「サリヴァン様がお望みでしたら、紹介してもいいのですが……」

ザイルの言葉を聞き、私は耳を疑った。

『鋼牙』なんて、おとぎ話に出てくるドラゴンと同レベルの存在である。そんなものが実在すると言われても、さすがにすんなりと信じることはできなかった。

「ああ、申し訳ありません。お疑いになるのも無理はありませんね。今日会ったばかりの私の言葉など、サリヴァン様ほどのお方が信じるには値《あたい》しないでしょう」

私のためらいを否定として受け取ったらしく、ザイルがやや沈んだ声で言う。

「い、いや、別にそういうわけでは……」

「申し訳ありません。今の話は酒の席の戯言と思って忘れてください」

「う、む……」

ザイルはそう言って話を打ち切り、ワイングラスを口に運ぶ。

しかし、私の頭からは先ほどの話が一向に離れなかった。

(ディンギル・マクスウェルを殺す……そうでもしなければ、現状から脱却することはできないのではないか？　このまま私は、ノムス家の跡継ぎで終わるのか？　王太子である私が、たかが男爵家の跡継ぎで……？)

ダメでもともと。いっそのことおとぎ話にでもすがらなければ、本当に辺境で一生を終えることになるかもしれない。二度と王都の地を踏むことはないかもしれない。

そんな人生を受け入れることができるだろうか？

「ザイルよ……先ほどの話、もっと詳しく教えてもらえないだろうか？」

「……サリヴァン様？」

「私はディンギル・マクスウェルのような危険人物に、東方辺境を預けることなどできない！　この国を奴ごときの好きにさせるものか！」

そして、私は自分の道を決める決定的な言葉を口にした。

「ディンギル・マクスウェルを殺す！　そのためになら、おとぎ話だって利用してくれる！」

このときの決断がどんな未来へと続くのか。私はまだ想像もしていなかった。

15　槍の乙女はわりとちょろい

「ふっ、はっ、やあっ！」

「よ、と、ほっ、はっ、ふっ」

銀髪の美女——シャナがたて続けに槍を振る。槍は木製で殺傷能力はないが、打ちどころが悪ければ骨折くらいはしてしまうだろう。

目の前の相手を打ち倒さんとするそれを、俺は小気味《こきみ》よいかけ声とともに捌いていった。

「ほい、お疲れさん！」

「くっ」

頃合いを見て槍の石突を左手で掴んで引き寄せ、右手に握った木剣を首元に突きつける。

「勝負あり、また俺の勝ちだな」

「うー、また負けてしまったのか……」

俺が勝利宣言をすると、シャナは槍を手放してその場に座り込んだ。瞳にはうっすらと涙が浮かんでいる。

俺よりも二つ年上の彼女であったが、こうしてふと見せる表情は妙に子供っぽくて、可愛らしい。

俺達が試合をしているこの場所は、俺が個人的に所有している別荘の庭である。

あのスラム街で行われた月夜の決闘のあと、俺は倒れたシャナを近くの連れ込み宿へとお持ち帰りした。そこでじっくりと、それはもう念入りにシャナの身体を手当てしてから、彼女の身柄を解放したのだった。

俺としては、すでに勝者の権利を十分に行使させていただいたので、シャナをこれ以上拘束しておくつもりはなかった。彼女が帝国に帰ると言うのであれば、特に止めることもなく見送るつもりだったのである。

「負けっぱなしで帰れるものか！　もう一度、勝負してくれ！」

しかし、シャナから返ってきたのは再戦を望む言葉だった。

武人としての誇りなのか、単に負けず嫌いな性格なのか、さんざん身体を弄《もてあそ》ばれてもまだ心折れることなく挑んできたのだ。

さすがに身体を重ねた相手と殺し合いをするのは気が引けた俺は、再戦に対していくつかの条件を提示した。

・条件1

勝負には模擬戦用の木製の武器を使用すること。相手を殺すことは禁止とする。
・条件2
シャナ・サラザールが模擬戦に勝利した場合、ディンギル・マクスウェルは実戦用の武器を使用して、全力でシャナと戦うこと。
・条件3
ディンギル・マクスウェルが勝利した場合、シャナ・サラザールはペナルティとして一ヵ月間、ディンギルの配下兼愛人として奉仕すること。

「これで二十連勝、さすがにそろそろ諦めたほうがいいんじゃないか？　このままだと、一生、帝国に帰れなくなるぞ」

そう言って、俺は彼女の足元に模擬戦用の木槍を投げる。

俺はすでに二十回勝利しているため、シャナは俺に二年近くも仕えなければいけなくなった。

槍の達人であり眉目秀麗《びもくしゅうれい》な彼女を合法的に手元に置いて可愛がることができるのだから、この決闘はなんとも美味しいものである。

「いい加減、この条件で俺に勝つことはできないってわかりそうなものだけどな」

「む……」

俺が皮肉を込めて言うと、シャナは拗ねたように顔を背けた。

そう、この決闘は圧倒的に俺が有利になるように条件が設定されている。

先日の決闘では、俺はシャナを相手にかなりの苦戦を強いられた。

しかし、それは俺とシャナの実力が拮抗《きっこう》しているというわけではなく、シャナを殺さないように俺が手加減していたからである。

最初から不殺を前提とした武器での模擬戦であれば、手加減をする必要はない。

シャナの槍の腕は、俺がこれまで戦った中でも五本の指に入るだろう。

しかし裏を返してみれば、俺は彼女以上の達人と何度か戦った経験があるということでもある。

回転の遠心力を利用した槍さばきは厄介といえば厄介だが、すでに見切ってしまった技だ。木製の槍であれば穂先を手で受け止めるのは難しくないし、何度戦っても負ける道理はなかった。

「むう……悔しいな。どうしてもあなたの全力を引き出したかったのだが」

「全力ねえ……この間の決闘では不服だったのか？」

「あのときは随分と手を抜かれていたみたいだからな。私の見たところ、まだ切り札を隠しているんじゃないか？」

「さて、どうかな」

シャナの問いに、俺は肩をすくめて答えた。

すると、シャナが頬を膨《ふく》らませて不機嫌そうな表情になる。

「あなたともう一度、本気で殺し合いをするまでは、帝国に帰るわけにはいかないな。もうしばらくは臥薪嘗胆《がしんしょうたん》の生活を続けるとしようか」

「ま、俺は全然構わないけどな」

そう、彼女のような美女が俺に進んで従ってくれるのならば、なんでもいい。

俺は地面に木剣を刺して、座っていたシャナの手を引いて立ち上がらせた。そしてその勢いのまま、彼女の身体を抱きしめる。

「あ、コラコラ。まだ昼間だぞ」

尻を撫でると、シャナが困ったように言った。

「いいから、いいから」

それでも決闘の条件を守って抵抗はしないため、調子に乗ってスリットの間に手を侵入させる。

しっとりと汗ばんだ肌の感触がなんとも心地よく、いつまでも触っていたい気分になる。

「やれやれ、仕方がないな……せめて部屋の中に入らせてほしいのだけれど……」

「今日は外でしたい気分なんだよ。お空の雲を数えてる間に終わるからさ」

「むう……困った主殿《あるじどの》だな」

シャナが頬を染めて、もじもじと太ももをすり合わせる。

シャナのことは何度か抱いているが、武術一筋で生きてきた彼女はいまだに反応が初々《ういうい》しくて可愛らしい。

「こんなところで、誰かに裸体を見られないだろうか」

「見られるのは嫌なのか？」

「当然だろう。主殿に見られるのは慣れたが、他の者に見られるなどごめんだな！」

「そうか。じゃあ、覗いてる奴は追い払っておこう」

「む？」

俺は地面に刺した木剣を素早く引き抜き、庭に生えている樫《かし》の木に向けて投げつける。

剣が木の幹《みき》に当たった瞬間、木の影から黒装束《くろしょうぞく》を着た男が飛び出した。

そのまま跳びかかってくるかと身構えるが、男は目にもとまらぬ速さで駆けだして、別荘の塀を飛び越えて俺達の視界から消えてしまう。

「おお、素早い！　あれはかなりの凄腕《すごうで》だな！」

俺が感心する一方で、シャナは狼狽えている。

「な、ななっ、刺客か⁉　いったい、いつから⁉」

「俺達が模擬戦をしていたときには、もういたな。気がつかなかったのか？」

俺は肩をすくめて言った。この調子だと、シャナが俺に勝てる日はまだ遠そうだ。

「あなたは刺客が見てる前であんなことをしたのか……さすがに正気を疑ってしまうのだが」

「誰が見ていようが、やることはやるさ。俺はたとえ戦場でも美女がいたら抱く男だ」

「……なるほど、英雄と馬鹿は紙一重《かみひとえ》なのだな」

呆れと感心、諦観《ていかん》――様々な感情が入り混じったような声でシャナがつぶやいた。

俺はもう一度肩をすくめて、シャナの身体を抱き寄せる。

昼食まではまだ時間がある。せっかくだから、もう少し運動をさせてもらうとしよう。

16　真夜中の来訪者

東方辺境のとある小さな町。

明かりが消された建物の中、暗闇に声が響いた。

「サリヴァン・ノムスから依頼が入りました。内容はディンギル・マクスウェルの暗殺です」

闇の中に紛れる気配がにわかにざわついた。

数人の気配が浮かび上がり、新たに声が響く。

「ほほほっ、廃嫡された馬鹿王子が、よもや東の英雄の死を望むとはな。無謀なことよのう」

「まともな方法では、あの男がディンギル・マクスウェルに勝つことなど不可能でしょうからな」

「違いない……依頼された以上は、誠心誠意、努力せねばなるまいな。それが我ら『鋼牙』の掟《おきて》ゆえに」

「ふふ、これであの男もお終《しま》いよのう」

闇の中にある気配の一つが消えた。一つ、また一つと消えていき、最後に残った気配がつぶやく。

「さてさて、計画通りに進むかどうか、見物《みもの》であるな」

最後の気配が消えてなくなる。あとに残されたのは、耳が痛くなるほどの静寂《せいじゃく》だけであった。

黒装束を着た男が夜の町を駆け抜けていく。

時間はとうに深夜を回っており、夜空を月が照らしていた。

ときおり酔っ払いや商売女が黒装束の男とすれ違うが、誰一人として男に気を払う者はいない。

まるで男が夜の町の景色の一部であるかのように、彼らは男の存在に気がつくことなく通り過ぎていく。

「ふっ！」

男は目的の場所にたどりついた。

駆け抜けてきた勢いのままに跳躍し、高い塀を飛び越える。そして地面に音もなく着地して、姿勢を低くして丈の低い木の影に身を潜めた。

木の影に隠れながら、侵入した屋敷の庭に視線を巡らせる。

屋敷の敷地内には武装した兵士の姿がちらほらと見える。猟犬《りょうけん》を連れた者もおり、まるで砦のような厳戒態勢である。

「……かなりの警備であるな。さすがは辺境伯家である」

男が侵入している場所は、この東方辺境で最も警備が厳しい場所の一つ、マクスウェル辺境伯家の屋敷であった。

敷地内には常時、警備の兵士が見回りをしている。

熟練の暗殺者であるこの男でさえ、事前に人員配置の情報を得ていなければ侵入は困難であった。

「さて……この時間であれば、標的は自室にいるはずであるな。どうせ女を抱いているであろう」

昼間のことを思い出して、黒装束の男はやれやれとばかりに肩をすくめる。

半日前、男は別荘にいる標的の様子を窺っていたのだが、標的は平然と真っ昼間から女と乳繰《ちちく》り合っていた。

随分と羨ましいことだと眺めていた男であったが、どうやら自分の監視に気づいた上であのような行為に及んでいたらしく、思わぬ攻撃を受けてしまった。

「あいもかわらず豪胆《ごうたん》なことよな。さすがは麒麟児と呼ばれる男である」

男は警備のわずかな隙をするすると縫《ぬ》って、屋敷の玄関ホールへと侵入する。

事前に特殊な香《こう》を焚《た》いていたおかげで、犬の鼻にも気づかれることはなかった。

屋敷の内部に警備の兵士の姿はない。住人はすでに寝静まっているようで、人の気配も感じられなかった。

「さて、標的の部屋は……」

「こんな時間に来客とは珍しいですね」

「なぬっ!?」

突如として背後から声をかけられ、男は弾《はじ》かれたように振り返った。

誰の気配も感じなかったはずなのに、振り返った先にはいつの間にか人影があった。

「お客様、玄関のベルを鳴らさず入ってこられるのは困りますわ」

そこに立っていたのは、小柄なメイドの少女である。

黒髪黒目というこの国では珍しい容姿をした彼女は、足音一つ立てずに男に肉薄《にくはく》してくる。

「くっ……！」

メイドの手にきらりと光る何かが握られているのを見て、男はとっさに回避行動を取った。

次の瞬間、たった今まで男がいた空間を刃物が斬り裂く。

「奇襲をするのに声をかけるとは、随分と優しいのであるなっ！」

もしもメイドが問答無用で攻撃をしてきていたら、完全に避ける自信は男にはなかった。

目の前に立つ小柄な少女は、自分と同じ闇の世界に生きる人間であり、自分と同等以上の凄腕なのだから。

「たまには身体を動かしませんと、鈍《なま》ってしまいますから」

「余裕であるな。忍びの者としては致命的である！」

男は懐《ふところ》から投げナイフを取り出し、メイドに向かって投げつける。

正面から迫る刃を、メイドはこともなげに回避した。

「甘いのである！」

男は当然、メイドがナイフを回避するものと予想して、先に逃げ道へ回り込んでいた。

刃物を持った右手を掴み、体格差を利用して床に押し倒す。

「勝負あったのである！」

「そうですね」

メイドはあっさりと敗北を認めた。

会心の笑みを浮かべる男であったが、次の瞬間にその表情が凍りつく。

「ふっ！」

「ぬあっ⁉」

メイドの口から小さな針が放たれ、男の首に突き刺さったのだ。

首から全身に痺《しび》れが広がっていき、男の身体から力が抜けてしまう。

「ふ、含み針……毒、であるか……」

「もちろんです。女の細腕で男と喧嘩するつもりはありません」

脱力した男を蹴り飛ばして、メイドが男の身体の下から這い出てくる。

とどめとばかりに、相手の脇腹をつま先で蹴り抜いた。

「ぐうっ⁉」

「失礼ながら、私の上に乗っていい男性はこの世でただ一人、ディンギル・マクスウェル様だけです」

どこか誇らしげに言い放ち、メイドは男の覆面《ふくめん》に手をかけた。男の身体を足で踏みつけながら力任せにはぎ取る。

「たとえ身内であったとしても、私の身体に不用意に触れるのは許しませんよ。オボロ兄上」

「腕を上げたのであるな……サクヤ」

自分をあっさりと敗北させたメイドに、黒装束の男は心からの称賛を贈った。

○　○　○

サクヤとオボロ、二人の暗殺者の兄妹《いもうと》喧嘩《あに》が終わったタイミングを見計らって、俺は階段を下りて玄関ホールに足を踏み入れた。

「終わったみたいだな……って、何やってんだ？」

「がっ、ぐっ、ぎっ、ごっ、た、助けてなので、あるっ……！」

大理石の床には、顔見知りの暗殺者であるオボロが仰向けに倒れている。

そして、なぜかオボロの胴体の上にはサクヤが両足で立っていた。「立っていた」というか、「踏みつけていた」といったほうが正確だろうか。

サクヤはダンスを踊るようにステップを踏みながら、倒れた兄の腹やら胸やらをブーツの踵で踏みつける。

「……何やってんだ。サクヤ」

「躾けです。ディンギル様」

俺が尋ねると、サクヤは表情を変えずに答えた。

「五つも年下の妹に負けるような情けない男が『鋼牙』の次期首領では、ディンギル様にもマクスウェル家にもご迷惑をかけてしまいます。ですから、少し兄の性根を叩き直しているのです」

俺に説明しながらも、サクヤは兄を踏みつける足を止めることはない。

「あだだだだっ！　わ、若殿っ！　助けてくれなのであるっ！　ぐぎっ、踵が肝臓に刺さっているのである！　中身が出るのである！」

「黙りなさい。ディンギル様に無断で話しかけるな」

「あ、兄の扱いがひどいのであるっ！　がががっ、痛いのである！　アバラが折れるのであるっ！」

「黙れ、といっているのが聞こえないのですか？　聞こえない耳なら必要ありませんよね？」

「ぐぎっ⁉　頭を蹴ったらダメなのである！　つま先が耳に……ここ、鼓膜があっ⁉」

「……サクヤ。とりあえず、一回、どいてあげてくれ。話ができないから」

「かしこまりました」

俺が命じると、サクヤはあっさりと兄への拷問《ごうもん》……もとい躾けを中断してくれた。

俺は無残に床に転がるオボロのもとに近づき、しゃがんで顔を覗き込む。

「大丈夫か？　耳は聞こえてるか？」

「も、もっとはやく……助けてほしかったのである……」

「いや、兄妹のコミュニケーションに割って入るのも、無粋《ぶすい》かと思ってな」

俺は半笑いで首を横に振った。

女に蹴られて悦《よろこ》ぶ趣味の奴も世の中にはいるかもしれないが、残念ながらオボロはそのたぐいの人種ではなかったようだ。

「さて……それじゃあ、とりあえず、捕虜《ほりょ》への尋問を始めようか？　いったい何が目的でこの屋敷に侵入したんだ？」

正直、その答えはわかっていたのだが、形式として一応尋ねた。

「ふっ、それは答えられないのである。『鋼牙』は依頼人を裏切らないのである」

オボロもまた、形式として黙秘する。

これは予定調和ともいえるやり取りなのだが……事情を知っているはずのサクヤがなぜか怒声を上げた。

「ディンギル様が質問しているのです。黙秘とは何事ですか！」

「がっ！　い、いや、これはただの建前で……ちょ、蹴るのはやめるのである！」

「あー、そう言わずに答えてくれるか？」

話が進まないので、兄妹の間に割って入った。

オボロは天の助けとばかりに、俺の問いかけに喰いついてくる。

「そ、そこまで言うのなら答えるのである！　我《われ》は、サリヴァン・ノムスの依頼でディンギル・マクスウェルの暗殺に来たのである！」

オボロが白状したのは、予想通りの回答だった。

その答えを聞いて、俺は深々と溜息をついた。

「ああ、なるほど。やっぱり、あの男は東方貴族の仲間にはなれなかったようだ。王太子であったという過去と決別できなかったんだな」

「心中、察するのであるよ。若殿」

俺の言葉をどう受け止めたのか、オボロが慰めの声をかけてくる。

しかし俺は首を横に振って、笑う。

「いや、予想の範疇《はんちゅう》とはいえ、悲しいものだよな。まがりなりにも王家の血を引く男を、これから断罪しなければいけないとは。いや、まったく、悲しいよ……くっ、ははは」

「言葉と表情があっておりません。ディンギル様」

冷静に突っ込むサクヤに軽く手を振って返し、オボロとの会話を続ける。

「それで、サリヴァンが俺の暗殺を依頼したという証拠はあるんだろうな」

「もちろんである。あの男、あっさりと契約書にサインと血判《けっぱん》を捺《お》したのである。それはもう、何か企《たくら》んでいるのかと疑ってしまうほど簡単に」

「そうか。馬鹿はどこまでも馬鹿だということだな」

まさかここまで簡単に引っかかるとは思わなかった。

伝説の暗殺者集団『鋼牙』を、その日たまたま知り合った男が紹介することを、不自然だとは思わなかったのか？

お前が払える程度の報酬で、辺境伯家の跡継ぎ殺害の依頼を引き受けると思うか？

ご丁寧に契約書にサインして、何事もなく済まされると思ったか？

全ては俺が仕組んだ策略である。最初から、サリヴァンに逆転の目などなかったのだ。

「本当に愚かな奴だ。あっさり『踏み絵』を踏んでくれるとはな……これで心置きなく始末できる」

俺の中でサリヴァンの死が決定した。

想像以上に長くなった婚約破棄騒動に、ようやく決着が見えてきた。

(最後の情けだ。楽に死ぬか、苦しんで死ぬかくらいは、あいつに選ばせてやろうかな)

考え事をしつつ、俺はオボロを労《いた》わる。

「面倒なことを頼んですまなかったな、オボロ。もう帰ってもいいぞ。あとで美味い酒を届けさせるから、長老方にもよろしく伝えてくれ」

「承知したのである、若殿………ところで、サクヤ。さっきからまったく身体が動かないのであるが、いったいなんの毒を盛ったのであるか？」

「致死性の麻痺毒です、兄上」

オボロの問いに、サクヤがとんでもない回答を返した。

「ちょ、致死性⁉　兄を殺す気であるか⁉」

「ご安心を。訓練を受けている兄上であれば、二時間は耐えられるはずです」

「二時間経ったら死ぬのであるか⁉　全然、まったく、安心できないのである！　は、早く解毒剤をよこすのである！」

床に寝そべったまま、ぎゃーぎゃーと騒ぐオボロ。その様子を見て、俺は素朴《そぼく》な疑問を口にする。

「身体は動かないのに、口はこんなに動くんだな」

「はい、私が拷問用に特別に調合したものですから。『鋼牙』から教わったものではなく、私が自分で開発したオリジナルです」

「へえ、大したもんだ。サクヤはちゃんと勉強してて、いい子だな」

俺はサクヤの頭を抱き寄せ、黒髪を撫でて褒めた。

サクヤはうっとりと表情を緩ませ、甘えるように俺の胸へ頭を預けてくる。

「ちょ、和《なご》んでないで、解毒剤をくれなのである！」

できればこのままベッドまで――などと思っていたのだが、床に這いつくばったオボロがそれを邪魔してきた。

「サクヤ、さすがに死なれるのはまずいから、さっさと解毒剤を飲ませてやれ。夜中にうるさい」

「かしこまりました」

俺が命じると、サクヤはメイド服のスカートをつまんで恭《うやうや》しくお辞儀をした。

「それでは、すぐに調合してまいりますので少々お待ちを」

「今から調合するのであるか⁉　なんで事前に用意しておかないのであるか⁉」

「騒がないでください。みっともないですよ。一時間半もあれば調合できるので、ちょっと待っていてください」

「だいぶギリギリな時間なのである！　兄を殺す気なのであるか⁉」

命の危機に泣き叫んでいる兄を無視して、サクヤは俺のもとにやってきた。

背伸びをして俺の唇に自分の唇を重ねて、口元にうっすらと笑みを浮かべる。

「すぐに参ります。ベッドでお待ちを」

「わかった、待ってるよ……ちょっと、つまみ食い」

「んっ……」

今度は俺のほうから唇を重ね、サクヤの口内へ舌を侵入させた。サクヤも舌を伸ばして積極的に絡めてくる。

「早く解毒剤ー！　死ぬのであるー‼」

騒ぐオボロの悲鳴を背景音楽にして、俺とサクヤは熱い口付けを交わし続けるのであった。

17　ファーストキスは猛毒の味

【side　サクヤ】

私の名前はサクヤといいます。

東方辺境の筆頭貴族であらせられますマクスウェル辺境伯の跡継ぎ、ディンギル・マクスウェル様のメイドとしてお仕えしています。

得意技は夜伽《よとぎ》に護衛、屋敷の警備と毒物の調合……それから暗殺に、毒殺、絞殺《こうさつ》、撲殺《ぼくさつ》、抹殺《まっさつ》、虐殺《ぎゃくさつ》、滅殺《めっさつ》などなど。

今でこそ、このように様々なスキルの身についた完璧メイドの私ですが、三年前までは違う仕事に就いていました。

その仕事というのが、いわゆる暗殺者。私達の祖先が暮らしていた故郷の言葉では『忍者』と呼ばれていました。

私が所属していた組織は『鋼牙忍軍《こうがにんぐん》』と呼ばれる暗殺集団で、そのルーツは大陸からさらに海を東に進んだ島国にあります。

今をさかのぼること五十年前、東の果てにある『ワノクニ』と呼ばれる国で、私達の祖先は国や、大名……大陸の言葉で言うと貴族の依頼を受けて、諜報や暗殺などを生業《なりわい》としていました。

しかし、住んでいた里をある大名に攻め滅ぼされた祖先は、国を追われ、大陸へ流れつきました。

そして、あちこちを流浪《るろう》した末にたどり着いたのが、このランペルージ王国です。

ランペルージ王国は、前身となる『ランペルージ同盟』と呼ばれる都市国家の集まりが、帝国の領土拡大の影響を受けて自衛のために一つになって成立しました。

五十年前、建国したばかりのこの国は、東西南北を敵に囲まれていました。

北と東には巨大な軍事力を持つ侵略国家である帝国。南には縄張り争いで略奪と殺戮を繰り返す海賊達。西には口に出すことも憚られる恐怖の軍団が国境を脅かしていたのです。

敵に囲まれ、戦火が巻き起こるこの国において、祖先の活躍はまさに八面六臂《はちめんろっぴ》でした。

あるときは敵国の将軍を暗殺し、あるときは機密文書を盗み出し、あるときは国内の反乱分子を闇に葬る……そんなことを繰り返すうち、いつの間にか『鋼牙』は伝説の暗殺者などと呼ばれるようになっていきました。

しかし、伝説もいつかは色褪《いろあ》せていくものです。

帝国の侵攻が小休止して、海賊の縄張り争いに決着がつき、邪悪な軍団との戦いが小康《しょうこう》状態に入ると、徐々に『鋼牙』の存在価値は薄れました。

そして平和な時代が訪れると、私達の存在はいつしか架空のおとぎ話になっていったのです。

家業である暗殺商売を捨ててこの地で過ごすか、新たな戦場を求めて新天地へ旅立つか。

私達に決断のときが迫ってきました。

そんなときでした。私達の前に、あのお方が現れたのは。

「やあ、暗殺ギルド『鋼牙』のアジトはここで間違いないか？」

今から三年前、とある小さな町にある『鋼牙』の本拠地にて。酒場に偽装している建物の扉を開けて、突如としてその少年は現れました。

少年、とはいいましたが、おそらく十五歳くらいでしょうか。

腰には黒い剣を提げており、何かを詰め込んだバッグを、肩にかけるようにして背負っています。

少年はこちらの返事も聞かずに、無遠慮にアジトへと足を踏み入れてきました。

「……なんの話だい？　ここは一見《いちげん》はお断りだよ」

酒場の店員に偽装した『鋼牙』のメンバーが、表情を変えず少年に向かって言いました。

この酒場にいる客は、私を含めて全員が『鋼牙』に所属する忍者です。

テーブル席で食事を摂っていた私は机の下でさりげなく毒針を取り出して、いつでも跳びかかれるように準備しました。

客に偽装した他の忍者達も、同じように武器を密かに構えています。

「ははっ、返事の代わりに殺気が返ってくるのが何よりの証拠だ。ひょっとして、ここにいる奴ら全員が暗殺者か？」

「……………」

すう、と店員の男が私に目配せをします。

私はそれを合図にその少年の背後に回り込み、音もなく跳びかかりました。

まだ殺すわけにはいきません。この少年がどこで私達のアジトを知ったのかを尋問する必要があります。

（とりあえず、痺《しび》れてください）

麻痺性の毒を首に打ち込もうとする私でしたが、予想外の事態が生じました。

「へえ、なかなか素早い」

「えっ⁉」

背後にいる私のことを見もせずに、少年は私の攻撃を躱してしまいます。おまけに、振り向きざまに私の手首を掴んで捻り上げてきました。

「くっ！」

「おっと！　手癖が悪い女だなあ！」

掴まれているのとは反対の手で相手の目を潰そうとしますが、それもあっさりと避けられて、今度は両手を拘束されてしまいます。

（くっ……まだ足があります！）

股間を蹴り飛ばしてやろうとした私でしたが、少年は予想外の攻撃をしてきました。

「小さいのに随分と動けるじゃないか。さすがは伝説の暗殺集団だ！　それじゃあ、こっちのお嬢さんにはご褒美をやろうかな」

「んぐっ⁉」

次の瞬間、私は少年にキスをされていました。

生まれて初めての接吻《せっぷん》。いわゆるファーストキスというやつです。

「んー！　んーんーっ！　んっ……んんんっ……」

最初は必死に抵抗した私でしたが、少年の舌が私の口腔《こうこう》へと侵入してくると、上手く身体が動かせなくなってしまいます。

（やっ……しびれちゃうっ……）

舌に毒でも塗られているのかと疑ってしまうほど、少年の舌技《ぜつぎ》は凶悪でした。

唇を吸われ、歯の一本一本まで丁寧に舐められます。

徐々に私の身体から力が抜けていき、気がつけばくったりと少年に身体を預けていました。

（……きもちいい……こんなの知らない……）

甘いお酒をお腹一杯飲まされたように酩酊《めいてい》する私でしたが、極楽浄土のような時間にもやがて終わりが来ました。

「うむ、美味《び》美《み》味。青い果実も悪くないな」

「ふあっ……」

いったいどれほどの時間が経ったのでしょうか。私の唇が解放されました。

私はしばし、宙を浮いているように意識朦朧《もうろう》となってしまい、やがてはっきりと覚醒したときには酒場のテーブルやイスがあちこち壊れており、割れた酒瓶《さかびん》が散乱しています。

私以外の『鋼牙』の忍者達はみんな倒れていて、店員に偽装した兄上《オボロ》にいたっては、うつ伏せに伸びた状態で少年に踏みつけられています。

「まったく、男女のラブシーンを邪魔するなんて、無粋な連中だ」

「あなたは……何者ですか……」

ここにいるのはいずれも『鋼牙』に所属する暗殺者。一人一人が数々の修羅場を潜《くぐ》り抜けた強者ばかりです。

それをたった一人で……おまけに、私と、その、キスをしながら倒すなんて……

「俺か？　ああ、名乗ってなかったな。俺の名前はディンギル・マクスウェルだ。なんとなくだけど、君とは長い付き合いになりそうな気がするよ。まあ、よろしく頼む」

少年――ディンギル・マクスウェル様はそう言って、イタズラが成功した子供のように笑いました。

私は何か言葉を発そうとして口を開きましたが、その前に部屋の中に笑い声が響きました。

「ほっほっほっ、随分とにぎやかじゃのう」

「お、お爺様《じいさま》……」

振り向くと、扉の前に見慣れた老人の姿がありました。

白い髭《ひげ》を伸ばした長身の老人の名前はジョウゲン。『鋼牙』の現・首領で、私の祖父です。両親が仕事で亡くなってからは、親代わりにもなってくれている人でもあります。

「うちの若い者を相手にここまでやるとは驚きですな。さすがはマクスウェルの麒麟児と呼ばれるだけのことはある。恐れ入りましたぞ」

ほっほっほっ、と気のいい老人のように笑う祖父ですが、目はまったく笑っていません。眼光は鋭く、侵入者と、あっさり敗れた部下達を交互に睨みつけています。

ディンギル様は、抱きしめていた私の身体を解放しました。熱烈なキスで力が抜けていた私は、その場にペタンと座り込んでしまいます。

「恐れ入ったのはこっちのほうだよ、ご老人。声をかけられるまで、まるで気配を感じなかった」

ディンギル様が祖父を笑いながら称賛しました。

「なあに、伊達《だて》に年はとってはいませんからな」

祖父も気負うことなく、笑って応えます。二人の様子は穏やかで、一見すると友人のようです。

しかし私は、両者が一定の距離を保っており、お互いの間合いを測っていることに気がつきました。

「それで、ディンギル殿。こちらへはいったい、なんの用事で来られたのですかな。まさかうちの若い者の性根を叩き直しに来たわけではありますまい？」

「ああ、仕事の依頼があってここに来た」

ディンギル様は床に置いてある鞄を持ち上げました。膨らんだ鞄は、ずっしりと重そうです。

「ほう、興味深いですな。伺《うかが》うとしましょうか」

「ああ」

ディンギル様が近くにある机に持っていた鞄を置きます。開けると、中から大量の金貨が出てきました。

「依頼内容は暗殺。ターゲットは――ディンギル・マクスウェル。つまり、俺だよ」

ディンギル様はそう口にしました。

信じ難《がた》い言葉に、部屋の中を静寂が支配します。私は座り込んだまま言葉を失ってしまいました。

「……なんの冗談かね？」

疑問に思ったのは祖父も同じらしく、眉をひそめてディンギル様に尋ねます。

ディンギル様は驚く私達に「してやったり」とばかりに笑いかけ、顔の横で人差し指を立てて口を開きました。

「冗談のつもりはないな。単刀直入に言うと、お前達『鋼牙』と賭けがしたい」

「賭けじゃと？」

「ああ、一ヵ月以内に俺のことを暗殺してみせてくれ。暗殺できたら、この金はお前らのものだ。暗殺に失敗したら、お前達『鋼牙』には俺の部下になってもらいたい」

「ほう……お主に従えというわけか？」

「ああ、そうだ。悪くない条件だろ？」

「ほっほっほっ、面白いですな。若者は無鉄砲《むてっぽう》でいい。しかし……………舐めるなよ、小僧」

快活に笑ったと思ったら、祖父は豹変《ひょうへん》してディンギル様を恫喝《どうかつ》しました。

見たことがないほど殺気立った祖父の様子に、蚊帳《かや》の外にいる私のほうが震え上がってしまいます。

「ここにいる連中を叩きのめして調子に乗っているようじゃが、我ら暗殺者は戦士でも傭兵でもない。我らの本質は殺すこと。手段を選ばず、卑劣に、卑怯《ひきょう》に、ありとあらゆる手段を使って相手を闇に葬ることじゃ。本気になった我らの殺しの技から逃れることができると思っているのか？二十年も生きていない餓鬼《がき》が、調子に乗るでないわ！」

「ご老人。アンタを見ていると、自分が無謀だったと思い知らされるよ。さすがに伝説の暗殺者を舐めていたみたいだ」

ディンギル様は素直に頭を下げ、言葉を続けます。

「しかし、こっちも吐いたツバを呑《の》み込むわけにはいかないな。勝ち目は薄いかもしれないが、伝説の暗殺者による殺しの技とやらを堪能させてもらおうか」

「……なぜそこまでする？　我らを味方につけたいのなら、金や土地をちらつかせれば済むことじゃろうが」

「心にもないことを言うなよ。そんなもので靡《なび》く気なんてないくせに」

祖父のもっともな疑問を、ディンギル様はかぶりを振って否定しました。

「『鋼牙』がこの国の歴史に登場してから五十年。お前らは依頼を受けることはあっても、一度として、特定の人物や勢力の下に付いたことなんてないだろう？　そういう信条なのか、それとも主と仰ぐ価値のある相手に出会わなかったのか、理由は知らないけどな。そんなお前らを口説《くど》き落とす方法を考えたとき、こうやって覚悟と実力を見せるくらいしか思いつかなかっただけだ」

「ほう、命懸けで口説いていただけるとは、光栄じゃな。もっとも、それで死んでしまったら元も子もないと思うがのう」

「そのときは、俺はそこまでの男だったと諦めるさ。まあ、悪運は強いほうだと思うから、せいぜいみっともなくあがいてみせようか」

へらへらと笑うディンギル様の姿が、そのときの私にはとても輝いて見えました。まるで、生まれて初めて太陽の下に出たような気持ちになります。

ドキドキと震える鼓動を抑えるために両手を胸に当てましたが、鼓動はいつまでたっても収まらず、高鳴るばかり。

「なるほどのう、理解したわい。その依頼、確かにお受けした。一ヵ月後、お主が生きていたのなら、誓って我ら『鋼牙』一同、ディンギル・マクスウェル殿の麾下に入らせていただこう」

「ああ、そのときが楽しみだよ。一応、言っておくけど、俺以外の人間に危害を加えるのはルール違反だぜ？」

「ほっほっほっ、承知したわい」

そうして、ディンギル様は私達のアジトから立ち去っていきました。

その背中を見送ったあと、私は祖父に尋ねます。

「よかったのですか？　あんな依頼を受けてしまって」

「仕方があるまい。一人の男子があそこまで覚悟を示したのじゃから、我らが応えぬわけにはいかないじゃろう」

祖父は自慢の髭を撫でながら頷きました。

「それに我らの生き方にもいい加減、限界が来ているからな。ひょっとしたら、これはよい機会かもしれん」

私達『鋼牙』が必要とされていたのは、今はもう昔のことです。

実入りの多い暗殺の依頼は徐々に減ってきていて、自分達の生き方を見直さなければならないときがきています。

それを考えれば、マクスウェル家のような有力貴族の傘下に入ることは決して悪い話ではありません。

「問題は、その器があの男にあるかじゃが……いや、器はあるじゃろう。それに力も。あとは運だけじゃな」

祖父は倒れている部下達を見下ろして、やれやれとばかりに肩をすくめました。そして、真剣な表情で私に言います。

「サクヤ、あの男、ディンギル・マクスウェルの暗殺はお前に任せる」

「え？」

祖父の意外とも言える命に、私は目をパチクリさせてしまいました。

『鋼牙』の未来がかかった重要な依頼を、すでに敗北して恥をさらした私に任せる理由がわかりません。

「私でいいのですか、お爺様？　私よりも腕が立つ者は他にもいますが」

現在、酒場に倒れているのは『鋼牙』の若い暗殺者です。兄であるオボロを含めて、彼らの中でもっとも腕が立つのは、私であると自負しています。

しかし、戦乱の時代を支えた長老世代の暗殺者には、私よりも強い方など何人もいます。

私の問いに、祖父は首を縦に振りました。

「ディンギル殿に仕えることになるのは、わしら年寄りではなくお前達若者じゃからな。本来であれば次期首領であるオボロが見極めるべきなのじゃろうが……このザマじゃとても任せられん」

「ぐえっ⁉」

兄上の身体を踏みつけて、祖父はガリガリと頭を掻きました。

「この馬鹿は鍛え直すとして、今回の依頼はお前に任せるとしよう。これは首領としての決定じゃ」

「……かしこまりました」

首領として命じられた以上は、もはや是非はありません。

一人の暗殺者として全身全霊を尽くさせていただきましょう。

「お前が持つ全ての技を使って、あの男が我らの主として相応しいか見極めるのじゃ。よいな？

惚れた男だからと手加減は無用じゃぞ？」

「ほ、惚れてなどいません‼」

私は立場も忘れて言い返して、真っ赤になった頬を両手で隠しました。


それから一ヵ月間。私はありとあらゆる方法で、ディンギル様のお命を狙いました。

その結果は…………惨敗です。

手加減したわけではないのに、ディンギル様はその全てを運と実力で退《しりぞ》け、私達の主として相応しいことを証明して見せました。

ちなみに、暗殺に失敗をした私はといいますと、ディンギル様に捕まって色々なことをされてしまいました。

その結果、もうメイドとしてディンギル様に仕えるしかないと思い知ったのですが……それはここで語ることではありませんね。

18　最後の悪あがき

【side　サリヴァン・ノムス】

「くそっ、報告はまだ来ないのか！」

私はノムス家の自室で椅子に座り、コツコツと机を指先で叩く。

この数日間は、ずっと苛立ちを堪《こら》え続けていた。

今から二週間前、私は飲み屋街で出会った男、ザイルの仲介で、『鋼牙』と呼ばれる暗殺集団にディンギル・マクスウェルの暗殺を依頼した。

数日以内には仕事に取り掛かる、と依頼を承諾《しょうだく》した『鋼牙』の男は言っていたが、まだ達成の報告は来ていない。

「くそっ、高い金を払わせておいて、なんて仕事が遅いんだっ！」

机を拳で殴りつけ、吐き捨てるように独り言を言った。

暗殺者に払う依頼料を工面するのには、随分と苦労させられた。

ノムス家に事情を話すわけにはいかないため、依頼料は全て自分で用意しなければならない。

王都にいる友人達に泣きつくような手紙を送り、わずかばかりの金を恵んでもらった。

金をくれたのは数人だったが、同封されていた手紙に、「これで最後だ、もう連絡しないでほしい」と絶縁の言葉が書かれているのを見たときには、屈辱のあまり手紙を破り捨ててしまった。

（覚えていろよ！　私がディンギル・マクスウェルを殺して辺境伯になったら、蜂起《ほうき》して王都を滅ぼしてやる！　お前達も一人残らず首を刎《は》ねてやるぞ！）

最初は王太子としての地位復権を目指していたが、かつての友人達の変わり身を受けて、私はいつしかそんなことを考えるようになっていた。

マクスウェル辺境伯家は四方四家の一つであり、保有している軍事力は国内でも屈指である。その力をうまく利用すれば、自分を見捨てた王家や裏切った中央貴族どもを片っ端から滅ぼすことも夢ではない。

（絶対に私を廃嫡したことを後悔させてやる……邪魔する奴らは皆殺しにして、力ずくで玉座を奪い取ってやる……！）

自分を見捨てた父や王太子の座を奪った弟は、磔《はりつけ》にして火炙《ひあぶ》りにしてやろう。ロサイス公爵も首を切り落としてさらし者にして、娘のマリアンヌは性奴隷として一生かけて嬲《なぶ》ってやる。

その光景を頭に描くと、自然と笑いがこみ上げてきた。

自分を破滅に追いやった者達を見返し、逆に破滅させてやるのだ。それが愉快でないわけがない。

コン、コン、コン。

「サリヴァン様、よろしいでしょうか」

そんなことを考えていたら、部屋の扉が叩かれた。

「なんだ？　今、忙しいのだが」

せっかく明るい未来を思い浮かべて楽しんでいたのに、邪魔が入った。私の声も自然と不機嫌になってしまう。

「お客様が来られています。お通ししてもよろしいでしょうか」

「おお！　いいぞ、通すのだ！」

「……かしこまりました。すぐにお通しします」

私は心の中で喝采《かっさい》を上げた。

ノムス家に来てからというもの、私に客など来たことがない。

となれば――この客は待ち望んでいた相手に違いない。

(暗殺成功の知らせだ！　待ちくたびれたぞ！)

私は勢いよく立ち上がり、軽やかな足取りで客をもてなす準備をする。

喜びに心を躍らせていた私は、来客を告げに来た執事の声が驚くほど緊張していたことに気づかなかった。

しばらくすると、扉がノックされた。

「おお！　入ってくれたまえ！」

「失礼します」

「待っていた、ぞ……」

扉を開けて部屋に入ってきたのは、予想外の相手であった。

「お初にお目にかかります。サリヴァン・ノムス殿。自分はマクスウェル辺境伯家、第一警備隊のローエンと申します」

入ってきたのは、鎧で完全武装した兵士だった。胸元にはマクスウェル辺境伯家の家紋である、青い竜の紋章が付けられている。

ローエンと名乗った男の背後には、さらに二人の兵士の姿がある。彼らもローエンと同様に武装していた。

「ま、マクスウェル家の警備隊だと……い、いったいなんの用で……」

私は上擦《うわず》った声で尋ねる。

こんなに緊張していてはやましいことがあると言っているようなものなのだが、動揺を抑えることができなかった。

「用件はおわかりではないですか？」

ローエンが探るように聞いてくる。自分の顔から血の気が引いていく感覚が、はっきりわかった。

「な、なんのことだ……私は、何も知らない」

「そうですか、ではこちらをご覧ください」

「なっ、これは……!?」

ローエンは懐から筒状に丸めた羊皮紙を取り出して、広げて見せてきた。それは見覚えがある契約書だった。

「先日、我々が摘発《てきはつ》した暗殺組織のアジトから見つかった書面です。内容は見ての通り、我らが主であるディンギル・マクスウェル様の暗殺を依頼するもの。下には貴方のサインと拇印《ぼいん》も記されています」

「な、なな、なななななっ……そんな、馬鹿な……」

(馬鹿なっ、あいつら捕まったのか⁉ 伝説の暗殺者じゃなかったのか⁉)

私は衝動的に叫びたくなるのを辛《かろ》うじて堪《こら》える。

動揺を見せないように必死で気持ちを落ち着けようとするが、震えが抑えられなかった。

「な、なんのことだか、わかりませんな。おそらく、私の名前を騙《かた》るものではないかと……」

「なるほど、では検分させていただきたい。サインはともかく、拇印のほうは複製ができませんかららな。指を出してくれれば、すぐに確認が取れるはずです」

「う、ううう、うう……」

私は自分の指を手の平で握り込んで、その場に崩れ落ちた。

検分などするまでもない。あれは自分が捺した印である。

「どうやら、決まりのようですね。大人しく同行していただけるのなら、裁判で釈明する機会が与えられるでしょう」

「私に、犯罪者として裁判にかけられろというのか……？　王太子である、この私が……」

「勘違いされているようですが、貴方はもう王太子ではありません。そして、これは貴方が自分で蒔いた種です。抵抗するのであれば、こちらもそれ相応に対処させてもらいます」

そう言って、ローエンは腰に提げた剣の柄を手で撫でる。

私はしばし黙り込んだあと、ゆっくりと口を開いた。

「わかった……身支度を整えるから、少し待っていてくれ」

うつむいたまま立ち上がると、ローエンが言う。

「先に腰の剣を預からせていただきたい」

「ぐっ……………」

（無礼なっ！）

思わず叫びそうになるが、グッ、と堪《こら》えて剣を渡す。

（どいつもこいつも！　私の足を引っ張りやがって！　この世に神はいないのか⁉）

どうして王太子として正しく生きてきただけの自分に、こんな試練ばかりが訪れるのか。

いったい、自分が何をしたというのか。

（もういい！　汚らわしい犯罪者の力など借りたのが間違いだったのだ！　私は自分の力でマクスウェルを殺す！）

こうなった以上、道は自分で切り拓かなければならない。

マクスウェル家が開く不当な裁判で犯罪者に仕立て上げられるなど、許されないのだ。

(正義は私にある！　マクスウェルに思い知らせてやる！)

私は身支度を整えるふりをして、机の中からあるものを取り出した。

廃嫡されて王家から追放されたときに、王太子として所有していた財産はほとんど取り上げられてしまった。

しかし、これだけは王家から密かに持ち出すことができた。

「くっ、くくくっ……」

机から取り出したのは、古びてくすんだ銀の腕輪である。王族である自分が身につけるにはあまりにもみすぼらしいアクセサリーだが、これに求めているのは装飾品としての価値ではない。

王家が所有する魔具【豪腕英傑《ヘラクレス》】。

国宝の一つでもあるそれを、私は左腕に身につけた。

19　英雄の腕輪

「く、くくくっ……」

「なんだ……？」

突然、笑いだしたサリヴァンに、ローエンは眉をひそめた。

そして、いつの間にかサリヴァンの左腕に銀色の腕輪が嵌められているのに気づき、目を見開く。

「なんだその腕輪はっ!?　拘束しろ！」

「はっ！」

正体はわからないが、あの腕輪は魔具である——そう確信したローエンは即座に部下に命じた。

しかし——

「があああああああああっ!!」

サリヴァンが雄叫びを上げて腕を振った。

「ぐっ!?」

力任せに振り回されただけだったが、拘束を試みた部下の一人がそれに当たって吹き飛ばされる。

「このっ！」

壁に叩きつけられる部下を横目に見ながら、ローエンは剣を抜いた。

一息でサリヴァンの間合いまで踏み込み、袈裟《けさ》懸《が》けに斬りかかる。

サリヴァンの身体が斜めに斬り裂かれ、血しぶきが上がった。

「くくっ、はははははっ！　そんなものが効くかあああっ！」

「な、そんな馬鹿なっ！」

斬り裂かれたサリヴァンの身体が、一瞬にして再生した。

瞬く間に無傷になったサリヴァンは、ローエン目がけて拳を振り上げる。

振り下ろされた拳をローエンは剣で受け止め、勢いを殺すために後方に飛んだ。

「ぐっ……なんて怪力だ！」

「ローエン隊長！　この……反逆者めっ！」

もう一人の兵士が横からサリヴァンを槍で突く。腋《わき》の下を正確に突いた一撃は、肋骨《ろっこつ》を貫いて心臓に達した。

「鬱陶しいぞっ！　この痴《し》れ者めが‼」

しかし、心臓を貫かれてなおサリヴァンは絶命することなく、力任せに腕を叩きつけて槍を折る。

「高貴な私を傷つけたな！　覚えているがいい！　お前達は全員、打ち首にしてやるからな！」

サリヴァンが窓を破って外に飛び出した。

「待てっ！」

槍を折られた兵士が、腰の剣を抜いて追いかけようとする。

「やめろ！　追うな！」

しかし、ローエンがそれを制止した。

「追う必要はない。それよりもそいつのことを手当てしてやれ」

「は、しかし……」

壁際に倒れている同僚と破られた窓を交互に見て、兵士が迷うようなそぶりを見せる。

「構わん。予想外のアクシデントはあったが、おおむね計画通りだ……どうせ最初から逃がすつもりだったからな」

「は、はあ？　わかりました」

首を傾げる兵士。

ローエンはやれやれと首を振った。

廊下のほうからガヤガヤと声がする。どうやら、騒ぎを聞きつけたノムス家の人間が集まってきたようだ。

ノムス家の当主に事情を説明するため、ローエンは廊下に足を向ける。

「あとは若様の審判にお任せしよう……まったく、おとなしく捕まっていれば、人として裁きを受けられたものを」

口から漏れたその言葉には、心からの同情が込められていた。


「くそっ、くそっ、くそっ、糞っ!!」

サリヴァンが悪態をつきながら、目にもとまらぬ速さで町を駆け抜けていく。

王家の至宝の一つである【豪腕英傑《ヘラクレス》】。その能力は、所有者の身体機能と治癒能力の上昇である。

身体能力を強化する魔具は数多く存在するが、【豪腕英傑《ヘラクレス》】の性能はその中でもずば抜けて高い。

魔具を装備している間は、頭を砕かれても、全身を槍で貫かれても、決して死ぬことはない。使用者は不死身となり、一騎当千の戦士として戦い続けることができるのだ。

おまけに、【豪腕英傑《ヘラクレス》】は他の魔具のように疲労や消耗を感じることはなく、半永久的に使い続けられる。

ランペルージ王国の建国期には、初代国王がこれを身につけて不死の戦士となり、数千の敵軍に飛び込んでいったという伝説が残されているくらいだ。

「どいつも、こいつも、私を誰だと思っているのだ！　私はこの国の王となるべき者、この国は全て私のものなのだぞ！」

王太子としての地位も、ノムス家の跡取りとしての地位も、もはや全てが失われた。

残されたのは、左腕に嵌まった古びた腕輪だけである。

「こうなった以上、もう手段は選ばない！　そうだ、私が王になれない国なんて間違っている！　こんな国はもういらない！」

サリヴァンの心が汚泥《おでい》のような悪意に沈んでいき、激しい憎しみに視界が真っ赤に染まる。

叫び声を上げながら疾走するサリヴァンを町の人々が驚きに目を剥いて道を開けるが、もはやそんなことは気にならなかった。

「ディンギル・マクスウェルを殺す！　父親のディートリッヒもだ！　辺境伯家の二人の首を手土産にして、帝国に寝返ってやる！」

東の国境を守護するマクスウェル辺境伯家、その当主と跡継ぎを殺害してしまえば、ランペルージ王国の東方領は崩壊する。

そこに帝国が侵略してくれれば、もうこの国は終わりだろう。

「そうだ！　私は帝国の英雄になるのだ！　私を捨てたこの国を灰燼《かいじん》に還し、新たな時代を創造するのだ！」

貴公子のような端整な顔が、邪悪に歪《ゆが》んでいく。

もはやサリヴァンの心に自国を思う気持ちはなく、自分の人生を狂わせた者達への憎悪と復讐心しかなかった。

（そのために、まずは態勢を立て直さなければ！　ザイル！　無能な暗殺者を紹介してくれたあの男にも罰を与えてやる！）

サリヴァンは現在、事前にザイルから「緊急時の隠れ家」として教えられた屋敷に向かっていた。

ここからかなり離れた場所にあるが、【豪腕英傑《ヘラクレス》】があれば一日とかからずにたどり着けるだろう。

「ザイルうううううっ！　待っていろおおおおお！　今、お前の王が罰を与えに行くぞおおおおおっ！」

銀の腕輪が鈍《にぶ》く輝き、サリヴァンの足がさらに速く地面を蹴る。

通常は数日かかる距離だったが、全速力を出したおかげで、サリヴァンは夕方には目的の場所へと到着することができた。

その屋敷は、東方辺境の避暑地として知られる地域に建てられていた。貴族の別荘がいくつか並んでいる中でも一際大きく、荘厳《そうごん》である。庭も広く、まるで王族が使う別荘であった。

「ふん、こんな建物を持っているとは、なかなかの財を持っているじゃないか。ザイルめ、利用価値があるようならもう少し使ってやろう」

サリヴァンは鉄の門を開き、ずんずんと敷地内へ侵入する。

大きな屋敷だが、警備の兵士はいない。使用人らしき者の姿も見えなかった。

「……随分と警備が薄いな。もしかして、夜逃げでもしたのか？」

首を傾げながら、玄関を目指して歩いていく。

やがて、豪華な装飾が施された扉が見えてきた。

「むう？」

サリヴァンがたどり着くよりも先に、屋敷の扉が内側から開いた。

「よお、思ったよりも早かったな」

「なっ⁉　貴様は……！」

屋敷の扉の奥から現れたのは、サリヴァンがこの世で最も憎む男。ディンギル・マクスウェルその人であった。

○　○　○

「ディンギル・マクスウェル！　なぜ貴様がここにいる！」

「なぜって……俺が自分の別荘にいて何が悪いんだよ」

サリヴァンの怒鳴り声に、俺は肩をすくめて答えた。

この場所は俺が個人的に所有している別荘の一つである。

むしろ勝手に入ってきたサリヴァンのほうこそ咎められるべきなのだが、そんな当たり前の理屈は目の前の馬鹿には通用しないだろう。

「お前の別荘だと⁉　そんなはずはない！　ここはザイルの……」

「私がどうかいたしましたか？　サリヴァン様」

玄関の柱の影から、一人の男が顔を出す。

「ザイル！　貴様、どういうことだ⁉　なぜここにディンギル・マクスウェルがいるのだ⁉」

サリヴァンが怒鳴りつける。

身なりのいいスーツを着た男は、落ち着いた紳士の表情を顔面に張りつけたまま、言い聞かせるようにサリヴァンに答える。

「まだ、おわかりになりませんかな。ご自分が置かれている立場が。この状況を見ても、私の陣営がわかりませんか？」

「まさか……」

そこまで言われて、ようやくサリヴァンにも状況が理解できたのだろう。

自分がこの場所に誘い込まれたことも。

ザイルと名乗るこの男が、自分の味方ではないことも。

「裏切ったのか……！」

「裏切った、というのは正確ではありませんな。私はむしろ……」

「もういい。いい加減、その気持ちの悪いしゃべり方はやめてくれないか？」

目の前で繰り広げられる茶番劇に嫌気がさしてきて、俺は男に言う。

「依頼はこれで終わりだ。もういつも通りにしゃべっていいぞ、クラウン」

「ほお、そうですか。それでは……ヒヒッ、いつも通りに話すとしましょうか」

ザイルと名乗った男の雰囲気が一変する。

丁寧で礼儀正しい紳士の顔が崩れて、たちまち粗野で下品なゴロツキの顔になった。

それこそが、百の顔を持つといわれるこの男、ザイル改めクラウンの本来の顔である。

（まあ、この顔も演技の可能性があるけどな）

「だ、誰だ貴様は！？　ザイルはどこへ行った！？」

コインの裏表のように真逆の表情になったクラウンに、サリヴァンが面食らっている。

無理もない。この変わり身を初めて見たときには俺だって言葉を失ったのだから。

「ヒヒヒッ、ザイルなんて男は最初からいませんよ。私の名前はクラウンといいます。ケチな詐欺<ruby>詐欺<rt>さぎ</rt></ruby>師でございますよ」

「詐欺師、だと……？」

「ええ、あんたは最初から騙されてたんですよ。私がザイルとして近づいて『鋼牙』のことを話したのも、あんたがマクスウェルの当主になれるかもしれないってそのかしたことも、全部罠です。ヒヒッ」

「なん、だと……」

サリヴァンの顔が大きく歪《ゆが》む。

その表情を彩《いろど》っているのは、屈辱と疑念。

「まーだ気がつかないんですかい？　あんたは嵌められたんですよ。これはあんたがノムス家の当主として相応しいかどうかを試す『踏み絵』だったんです。そして、あんたは見事に不合格になった！　踏んじゃあいけない絵を踏んじまった、ヒヒッ！」

「………………」

嘲るようなクラウンの言葉を受けて、サリヴァンが黙り込む。そして、しばしの沈黙のあと、爆発した。

「き、さまあああああああっ！　この私を騙したなあああああああああ‼」

サリヴァンの左腕の腕輪が鈍《にぶ》く輝く。

大地が爆発したかと思うような音を轟《とどろ》かせて地面を蹴り、クラウンに跳びかかる。

「この私をっ！　この国の王太子である私を！　支配者である私を！　貴様らごときが試すだ⁉

調子に乗るのもいい加減にしろおおおおおおおおっ‼」

「ヒヒッ、あぶねえっ！」

クラウンがひょい、と横に身体をずらすと、その背後に隠れていた人物が姿を現し、サリヴァンの前に立ちふさがる。

「やれやれ、私の出番か」

クラウンの背後から現れたのは槍の乙女、シャナである。

シャナは滑《すべ》り込むようにサリヴァンの横を通り抜け、すれ違いざまに槍の柄《え》でサリヴァンの足を打って転ばせた。

「ぬおおおおおおおおっ⁉」

サリヴァンの両足が地面から浮き上がり、頭から玄関横の柱へ突っ込んだ。

「あっけないな。つまらない」

「ぐ、げえええええっ⁉」

大理石の柱が砕けて、ガレキがサリヴァンの背中に降り注ぐ。

「あっ！　こら、シャナ！　俺の別荘を壊すなよ！」

「むう、仕方があるまい。この男があまりにも弱いから悪いのだ」

シャナはくるりと槍を回して、地面を石突で叩く。

銀色の長い髪を手で掻き分けて、端整な顔には不満げな表情が浮かんでいた。

「あなたと同じくらいとまでは言わないが、もう少し、根性を見せてほしいところだ。これでは準備運動にもならない」

「それを言うのなら、まだ起き上がれるくらいの根性があるみたいだけどな」

「ほう？」

「があああああああっ‼」

自分を押し潰すガレキを吹き飛ばして、サリヴァンが猛然と立ち上がる。

頭には血がついているが、すでに傷口はふさがっているようだ。明らかに人間の回復力ではなかった。

「殺す！　殺す！　殺す殺す殺す‼　高貴な私を傷つける奴は、一人残らず打ち首だあああああああ‼」

「まさか。タフな男は嫌いではないが……どうしてあれで立てるんだ？」

唖然《あぜん》とした表情でシャナがつぶやく。

あのスピードで大理石に突っ込んだら、頭蓋骨《ずがいこつ》が陥没《かんぼつ》して、首の骨だって折れてしまうだろう。

普通は立ち上がれるわけがなかった。

「王家の秘宝【豪腕英傑《ヘラクレス》】。不死身の英雄の腕輪だな。いったい、どうやってくすねたのやら」

いくらサリヴァンが王太子だったからといって、そんなに簡単に持ち出せるような品物ではない。

なにせ初代国王の遺産であり、王家の権威の象徴ともいえる魔具なのだから。

（あれが盗まれたって話は聞いてないぞ。誰かが盗難を隠蔽してるのか？　王都の貴族どもに協力者がいるのか？）

国宝に手を出すことができるということは、ロサイス公爵家か、それに近い権力を持った大貴族の関与が疑わしい。

一瞬、自分を亡き者にするために誰かがサリヴァンに腕輪を渡した可能性を考えたが、すぐに否定した。

いくら俺を殺すためでも、こんな馬鹿に国宝を預けるような間抜けが王都の大貴族の中にいるとは思えない。

「まあ、なんでもいいか。下がれ、シャナ。こいつの相手は俺がやる」

「む、私にやらせてくれるんじゃないのか？」

「この騒動の最後の締めだ。俺がやるのがケジメってやつだろう？」

残念そうな表情をするシャナを後ろに下げる。いつの間にか、クラウンの奴はどこかに逃げてしまっていた。

「さて、それじゃあ決着をつけようか。俺を殺したいんだろう？　相手になってやるよ」

「ディンギル・マクスウェルうううううううううっ‼」

獣のように絶叫し、サリヴァンが跳びかかってくる。

俺は腰から剣を抜いて、婚約者を奪った男との最後の戦いに臨《のぞ》んだ。

20　不死身の殺し方

「マクスウェルううううっ‼」

「そんなに大声を出さなくても聞こえてるよ！」

サリヴァンが次々と拳を繰り出してくる。

俺は前後左右にステップを踏んでそれを避けていった。

「なあ、サリヴァン。俺はお前が思っているほど狭量《きょうりょう》じゃあない。以前説教したときとは別のことを言うようだが、たった一度のミスで、相手の全てを否定するようなことはしないぜ」

俺はサリヴァンが聞いていないことを承知で語りかける。案の定、サリヴァンは俺の言葉を無視して滅茶苦茶に腕を振っていた。

「今更こんなことを言っても仕方がないと思うけどな、俺はもしお前が暗殺の誘《さそ》いをはねのけていたら、お前との因縁を全て忘れるつもりだったよ」

婚約者を奪ったこと。国境守護のために戦う辺境貴族を殺人鬼呼ばわりしたこと。

もちろん、腹を立ててはいるが、人間は誰だって過ちを犯すものである。サリヴァンが心を入れ替えるのであれば、俺はそれを水に流すつもりでいた。

それどころか、サリヴァンがノムス家の次期当主として東方辺境に貢献するようであれば、いずれ中央に戻ることができるようロサイス公爵家に口添えしてもいいとさえ考えていた。

「俺は何度もお前にチャンスをやったぜ？　望み通りセレナとは結婚させてやったし、ノムス男爵にもお前のことをよろしく頼んでいた。お前が謝罪できるように会談の場だって設けてやったじゃないか。お前はそれをチャンスとは思わなかったみたいだけどな」

「黙れえええええええええええっ‼」

俺の言葉を消し飛ばすように、サリヴァンが拳を振り下ろす。

俺が避けると、空を切った拳は石畳を粉砕した。

「いい加減に人の別荘を壊すなよ。迷惑だ！」

俺は剣を振った。一度、二度、三度とサリヴァンの身体を斬りつける。血しぶきが舞って、石畳に赤いシミを付けるが、サリヴァンに動じる様子はない。

「効かぬっ！　そんな攻撃が次期国王である私に効くものかっ！　私は、初代国王の血を引く男、不死身の英雄だぞっ！」

「その偉大な祖先も嘆いているよ。自分の子孫の馬鹿さ加減にな！」

四度、五度、六度……休みなくサリヴァンの身体を斬りつけていくが、斬ったそばから傷口はふさがってしまう。

「は、ははははっ、ははははははははっ！　弱いっ！　弱いぞ！　こんなものか、東方辺境の英雄の力というのは！　この程度の力で次期国王である私に楯突《たてつ》いてきたのか！」

「いや、お前の攻撃も俺に当たってないし。そもそも道具の力をそんなに誇られてもな」

「なんとでも言うがいい！　これが王者の力！　この国の全てを支配するものに許された、覇者《はしゃ》の権能《けんのう》だ！」

誇らしげに笑いながら、サリヴァンはひたすらパンチをお見舞いしてくる。それを躱しては斬り、躱しては斬り……

「いや、確かにすごいパワーなんだけどな……」

俺は拍子抜けして首を振り、独り言をつぶやく。

【豪腕英傑《ヘラクレス》】の力で底上げされたサリヴァンの力と速さは、確かに度肝《どぎも》を抜かれるほどに凄《すさ》まじい。

しかし、愚直に殴り続けるサリヴァンの戦闘スタイルはあまりにも稚拙《ちせつ》で、幼子《おさなご》が癇癪《かんしゃく》を起こして手を振り回しているようにしか見えなかった。

「ま、そりゃそうか。テメエは親の七光りの素人《しろうと》だもんな」

考えてもみれば、王太子として生きてきたこの男が、ケンカをしたことなどあるわけがない。

こんなケンカ初心者の打撃、その気になれば目を瞑《つむ》ってでも避けられるだろう。

「ははは、はははははははははっ‼」

そんな俺の心中とは裏腹に、サリヴァンは血まみれになりながら楽しそうに笑い続けている。

一方的に斬られながら笑い続ける目の前の男の姿には、さすがの俺も薄気味悪さを感じてしまう。

「……いったい何がそんなにおかしいんだか。せめて一発くらい当ててから喜んだらどうだ？」

「ははは、貴様は何もわかっていないようだな！　ディンギル・マクスウェル！」

「何がだよ」

「くくっ、愚かな貴様に教えてやる！　この勝負、すでに私の勝利が決まっているということを！」

サリヴァンは拳を振るうのをやめて、びしりと俺に指を突きつけてきた。

すでに勝ったかのような馬鹿の態度に、俺は眉をひそめる。

「だから、何を勝ち誇っていやがるんだよ。はっきり言って、気持ち悪いぞ」

「くくく、なんとでも言うがいい……いいだろう。教えてやる、下賤《げせん》な愚か者め！　いいか、貴様は先ほどから何度も私を剣で斬っているが、いまだに私を倒すことができていない。貴様の剣などこの不死身の英雄の前ではなんの役にも立たん！　しかし！　しかし、だ！　私はたった一発、貴様に拳を叩き込むことができれば、貴様を肉塊に変えることができる！　おまけに、私は魔具の力で疲れを感じることはない！　力尽きて逃げきれなくなったときが、貴様の最後だ‼」

「ああ……なるほど」

それが勝利を確信する根拠か。まあ、馬鹿にしてはよく分析できている。

「ははは！　簡単に捕まってくれるなよ！　貴様はもっともっと、この世のありとあらゆる苦しみを味わわせたあとで、首を刎ねて処刑してやる！」

「やれるものなら、やってみろよ……っと」

俺がさらに二度剣を振ると、サリヴァンの胸に十文字の傷がついた。

「ふんっ、無駄なあがきを！」

「さっきのお前の分析だけど、おおむね正しかったと思うぜ。だけどな……」

俺はサリヴァンの拳をふわりと避けて、すれ違いざまに右手の手首を斬り落とした。

「ぐあああああああっ⁉」

「たとえば、こんな風に手を斬り落としてみたらどうだ？　今は右手を斬ったけど、腕輪を嵌めている左手を斬っても、まだ再生できるのか？」

「き、貴様っ！　私の腕を！」

「身体を解体してみたらどうだ？　全身がバラバラになっても、元通りに再生できるのか？」

前腕、肘、上腕、肩、と下から上へと順々にサリヴァンの右腕を輪切りのように解体していく。

最終的には、サリヴァンの右肩から下がごっそりとなくなってしまった。

「き、き、き、貴様ああっ！　わ、私の手が……私を誰だと思ってるんだ⁉」

「今更だな。お前にはそれしか言うことないのか？」

呆れまじりにつぶやいて、今度は剣を喉に突き刺す。

「ぎっ、がっ⁉」

「このまま首を斬り落としてみたらどうだ？　再生できるのか？　トカゲの尻尾みたいに新しい首が生えてきたりするのか？　生えてきたとして、その新しい首はお前と同一人物だといえるのか？」

「や、め……っ」

剣先でグリグリと喉を抉《えぐ》ると、サリヴァンが悲鳴のような声を漏らす。それを鼻で笑いつつ、俺は剣を抜いた。

「がっ、はっ、はっ、はっ……」

「なあ、おい。まだお前は俺に勝つ気でいるのか？　勝てると思っているのか？　どうなんだよ、言ってみろよ」

「ぐ、が、があああああっ、殺す、殺してやるううううう！　下賤な田舎貴族が、この私を虚仮にするなああああああ‼」

喉の傷を再生させたサリヴァンが、残った左腕で殴りかかってきた。

俺は口の端を吊り上げて笑い、剣を振る。

「そうかい。まだやる気があるなら、とことん相手してやるよ！」

そこから先は、戦いというよりも牛馬の解体。

俺は次々とサリヴァンの身体を細かく解体した。腹から臓物《ぞうもつ》を引きずり出し、眼球や心臓を抉り出していく。

そして十数分後。

真っ赤な血がカーペットのように広がった別荘の庭で、バラバラになったサリヴァンが力なく横たわっていた。

21　馬鹿の末路《まつろ》

「どうやら、終わったみたいだね」

血の海に沈んでいるサリヴァンの肉塊《にくかい》を見て、シャナがこちらに歩いてくる。

「そうみたいだな。終わるときはあっけないもんだ」

その言葉に同意して、俺は剣を腰に差した。

よくよく考えれば、魔法の力を打ち消す愛剣【無敵鋼鉄《ジークフリート》】の力を解放すれば、サリヴァンの不死を無効にすることができたかもしれない。

（まあ、どうでもいいか）

どっちにしても簡単に殺してやるつもりはなかったし、捕まえてお仕置きしてやる手間が省けたと思うことにしよう。

「ひっ、ひひっ、私が……王だ……この国の支配者で……全てを、手に入れ……」

「おお？　まーだ生きてるのかよ」

全身をバラバラにされて内臓を引きずり出されたにもかかわらず、サリヴァンはまだしゃべっていた。それどころか、分解された部品がナメクジのように蠢《うごめ》いて、断面を合わせて元通りに戻ろうとしている。さすがというか、おぞましいほどの再生能力である。

しかし、精神までは再生することはできないようで、首と胴体と左腕だけのサリヴァンは血の海を転がりながら唇を歪《ゆが》めて笑っていた。

「腕輪を取ってやったらどうだい？　もう死なせてやるのが慈悲《じひ》だと思うけれど？」

「まあ、そうかもな」

同情したようなシャナの提案に、俺は溜息をついて同意する。

まだ苦しめ足りない――そんな思いがまったくないわけではなかったが、これ以上は斬っても刺しても無駄な気がする。

俺は腕輪を取りあげるべく、サリヴァンへと近づいていく。

しかし――

「があああああああっ！　なんだああああああああ⁉」

いきなりサリヴァンが叫んだ。

「おおっ⁉」

驚いて後方に跳びすさると、サリヴァンの身体から、真っ白な煙が噴き出した。

沸騰したポットのように立ち昇る蒸気に包まれて、サリヴァンの姿が見えなくなってしまう。

俺はサリヴァンがいた空間を睨みつける。

「おいおい、なんだよ⁉　爆発するのか⁉」

「変身するのかもしれないな！　追いつめられた怪物が第二形態になるのは、東国ではお約束らしいぞ⁉」

シャナが興奮気味に言って槍を握りしめた。俺も煙に包まれたサリヴァンへと剣を向ける。

「ふあ、は、は、私の、身体がああああああっ⁉」

「ああ⁉　こいつは……？」

「これは……なんとまあ……」

やがて煙の中から出てきたのは、予想外の姿に変わり果てたサリヴァンであった。

「あ、へ……は……はあ、はあ……」

「サリヴァン……ちょっと見ないうちに、随分と老けたな」

そう、煙の中から現れたサリヴァンは、先ほどよりも五十近くは年をとっていたのだ。

秀麗な貴公子の顔には、くっきりと深い皺が刻まれている。

金色の髪の毛は色が抜け落ちて、全て白髪になっている。

俺が切断した肉体は見事に再生しているのだが、代わりにその手足は枯れ木のように細くなってしまっていた。目の前で変貌したところを見ていなければ、この男がサリヴァンであるとは、肉親でも気がつかないだろう。

「わた、ひの身体が、身体がああああ～～～～っ……」

「これは……無惨な……」

歯の抜け落ちた口で叫ぶサリヴァンに、シャナが一歩二歩と後ろに退がった。

一瞬で醜《みにく》く老いさらばえたその姿には、女性として思うところがあるのだろう。

「なるほど、な。これが【豪腕英傑《ヘラクレス》】の副作用か」

どんなに優れた魔具であったとしても、無条件で力を使い続けることなどできない。

不死をもたらすデタラメなアイテムであればなおさらである。

【豪腕英傑《ヘラクレス》】は疲労することもなく、消耗がないように思えたが、若さや寿命といったものをきっちり支払っているらしい。

(そういえば、初代国王も三十歳くらいで病死していたな。おっかないことだ)

俺は内心で納得して、老人となったサリヴァンに近づき――

「とうっ！」

「げえええっ⁉」

容赦なく蹴り倒した。

サリヴァンが転んだ拍子に、やせ細った左腕からすっぽりと腕輪が抜け落ちる。

コロコロと地面を転がるそれを拾い上げ、懐へとしまった。

「お宝ゲット……したら王家から文句を言われるか？　いや、黙っていればバレないかな」

王家が国宝の盗難を把握しているかどうかはわからないが、こんなことになってしまった以上、ネコババされても文句を言える立場ではないはずだ。

諸刃《もろは》の剣《つるぎ》とはいえ貴重な魔具には違いない。使い道もあるだろう。

「日頃、頑張っているご褒美だと思っておくか」

「返せ～～。わたしの、王のあかひ……この国の、支配者のあかひを……」

「うるせえよ」

「ひ、ひいいいいいいい～～～⁉」

足にすがりついてくるサリヴァンを再度、蹴り飛ばす。

「うーん、色々とひどい光景だな」

げしげしとサリヴァンを蹴り続ける俺に、呆れたようにシャナが言った。

「といってもなあ、こいつサリヴァンだぞ？」

「ひいいいいっ！　お助けをおおお～～～！」

「それはわかるんだが……どうもその姿を見ていると……」

困り顔のシャナに、俺はガリガリと頭を掻いた。

「しょうがない。このまま捕まえるか。死ぬ以上に罰を受けたみたいだからな」

「それがいいな」

俺とシャナは顔を見合わせて頷き、サリヴァンを縄で拘束した。

このまま生き残ったとしても、一気に七十歳近い年齢になってしまったサリヴァンには、俺に反抗する気力も体力もないだろう。

「これにて一件落着……いや、もう一人、裏切者がいたっけか？」

俺は縛り上げたサリヴァンの身体を踏みつけにして、空を見上げて首を傾げた。

22　絶望への誘い

【side　セレナ・ノムス】

「サリヴァン様……」

私はノムス家にある自室で、窓から夜空を眺めていた。

今から一週間ほど前、ノムス家にマクスウェル家の兵士がやってきた。

彼らの目的は夫であるサリヴァン様を逮捕することであり、罪状は私の元・婚約者であるディンギル様に対する暗殺未遂であった。

「どうして、サリヴァン様。なんで貴方はそんなに変わってしまったの？」

かつて学院の花園で愛を語り合ったときのサリヴァン様と、ノムス家に婿入りしてきたサリヴァン様は、まるで別人であった。

優しく、紳士的な王子様だったサリヴァン様はノムス家に来てからというもの、私に怒鳴り散らし、ときには暴力を振るうようになっていった。

（いったい、どうして。どこで間違えてしまったの？）

何度となく自問してみるが、いまだに答えは出てこなかった。

あの恐ろしい婚約者から逃れたかった——その一心でサリヴァン様を選んだというのに、その王子様はすっかり豹変してしまった。

ハッピーエンドの先にこんな展開が待っているなんて、どんな絵本にも描かれていなかった。

「うっ……」

ポロポロと私の目から涙がこぼれた。

逃走したサリヴァン様は、まだ発見されていない。それ以来、もともと冷たかったノムス家の使用人の私に対する態度が、さらに悪化していた。

『どうして夫の犯罪を止められなかったの？』

『本当は暗殺計画に荷担《かたん》してたんじゃないか？』

『そもそも、なんであんな奴と結婚したんだ？』

使用人が私を白い目で見ながらそんな陰口を言っていることに、私は気づかない振りをしていた。

「お願い……誰か、助けて……私を救ってください……神様……」

夜空に瞬く星空を見上げ、両手を握って祈る。

自分でもムシがいいことを言っているとは思うが、祈るくらいしか事態を好転させる方法が思い浮かばなかった。頼れる人間は誰もいないのだ。私には神様にすがるしかできない。

「お願いします……」

コン、コン、コン――

「え？」

私の祈りが届いたのか、突然、部屋のドアがノックされた。

「どなたですか？」

椅子に座ったまま声をかけるが、なんの返答も帰ってこない。

扉に近づくと、下の隙間から封筒が差し込まれているのに気がついた。

「これは……？　どなたですか？」

ドアを開けてみるが、廊下には誰もいない。

私は首を傾げて、封筒を裏返してみた。

「サリヴァン様!?」

差出人の名前を見て、私は思わず叫んでしまった。

慌てて自分の口を押さえて、開けっ放しにしていたドアを閉める。

「サリヴァン様からの手紙……いったい、誰が……？」

この屋敷の中にはサリヴァン様の味方はいないと思っていたのに、誰が私にこの手紙を届けてくれたのだろうか？

「それよりも、中身を確認しないと……！」

私は慌てて封を切って手紙を取り出した。

手紙に書かれている文章を読んで、私は驚きに目を見開いた。

「そんな……サリヴァン様……」

手紙には、サリヴァン様がランペルージ王国を守るべく、王家に叛意を持っているマクスウェル辺境伯家を倒そうとしていること、そのための戦力を集めるべく、ある場所に潜伏していることが記されていたのである。

サリヴァン様は手紙の中で、これまで私を傷つけてしまったことへの謝罪を繰り返していた。

その誠実な文章は、かつて学院で出会った王子様の姿を思い起こさせるものだった。

「サリヴァン様、ああ……私はどうすればいいのですか……？」

手紙の最後には、これからマクスウェルと戦うことになるので、そばに来て支えてほしいと書かれている。

真摯《しんし》な言葉の数々に、私の心は揺れ動く。

もしも私がサリヴァン様のもとに駆けつけたら、かつての優しい王子様が待ってくれているのだろうか？

（サリヴァン様が私を必要としてくれている……でも、サリヴァン様のもとへ行けば、私はノムス家を裏切ることになってしまう。それに、あの恐ろしいマクスウェル家に本当に勝てるの……？）

私は心の中で、サリヴァン様に対する期待と愛情、ディンギル様に対する恐怖と畏怖《いふ》を天秤にかけた。危うい均衡《きんこう》を保つ天秤に、私はどうしてよいのかわからなくなってしまった。

そんなときに、ふと机の上に置いてある詩集が目についた。大好きな詩人が描いた詩集のページの間からは、押し花の栞《しおり》が見えている。

「サリヴァン様……」

その栞は、かつて愛を語り合った花園にあった花を一輪、摘《つ》んできて作ったものだった。

私の脳裏に、学院でサリヴァン様と過ごした思い出が浮かぶ。

明るい笑顔。落ち着いた声。頭を撫でてくれる優しい手つき――忘れかけていた、幸福な時間。

「サリヴァン様が、私の助けを必要としてくれている……行かなくちゃ」

かつての優しかった王子様を取り戻す。そのためには、もう待っているだけではいけない。自分から王子様を助けに行かなければ。

王子様が悪いドラゴンと戦うことができたのは、お姫様の笑顔に支えられていたからなのだ。

私は荷物をまとめて、こっそりと部屋から抜け出した。

すでに夜は更《ふ》けており、屋敷の中は寝静まっている。

父は仕事で留守にしているし、兄も父に同行している。私を止める者は、誰もいない。

サリヴァン様がマクスウェル家に勝つことができるかどうかはわからないが、おそらく、この家に帰ることは二度とないのだろう。

「ごめんなさい……お父様、お兄様」

こうして決別を心に決めてみて、これまでのことを振り返り、初めて二人が私を大切に思ってくれていたことに気がついた。

私は今まで、心を閉ざして二人の優しさを無下にしていたのだ。

(ごめんなさい……ごめんなさい……どうか、許して……)

二人の思いをさらに踏みにじらなければいけないことにひどく心を痛めながら、私は屋敷の裏口から外に出た。

「セレナ・ノムス様ですね?」

屋敷から出るとすぐに、男性が声をかけてきた。

私はびくりと身体を震わせて、後ずさりして男性から距離を取る。

「……どなたでしょうか?」

声をかけてきたのは身なりのいいスーツを着た男性で、悪人には見えない。

しかし時間も時間なため、警戒せずにはいられなかった。

「ご安心ください。私はサリヴァン様の部下の、ザイルという者です」

「サリヴァン様の!?」

「はい、主よりセレナ様をお連れするように申し付かっております。あちらに馬車を待たせておりますので、どうぞこちらへ」

「……はい、よろしくお願いします」

私はしばし迷ったあと、案内の男性の後ろについて歩きだした。

少し離れた場所に馬車が止めてある。ノムス家のような貧乏男爵ではとうてい乗ることができないような、豪奢《ごうしゃ》な馬車であった。

扉を開けた状態で私が乗り込んでくるのを待つ馬車の姿に、なぜだか口を開けた怪物の姿を連想してしまった。

(待っていてください……サリヴァン様)

私は首を振ってイメージを振り払い、馬車に乗り込んだ。

「それでは私は御者台のほうへ行っておりますので、こちらの中は一人でお使いください」

「そんな、悪いです！」

「いえいえ、奥方様と二人きりになるのは申し訳が立ちませんので。明日の朝にはサリヴァン様のお屋敷に着きます。それまでゆっくりお休みになってください」

「そうですか……ありがとうございます」

案内の男性は前方の御者台へと行ってしまい、私は馬車の中で一人きりになった。

サリヴァン様の現状について、詳しく聞きたいという気持ちがないわけではない。けれど、知らない男性と二人きりになるのが不安で、素直に受け入れることにした。

やがて、馬車が動きだす。休んでいいとは言われたが、愛する人に会う緊張と家族と主家を裏切ることへの罪悪感から、なかなか眠ることができないと思っていた。

「ふあっ……」

それでも最近は眠れない夜が続いていたため、自然と瞼《まぶた》が重くなっていく。

カタカタと断続的に揺れる馬車の中、私は睡魔《すいま》に負けて眠りにつく。


馬車は夜通し走り続けたようで、窓から射し込む朝日で目を覚ます。外の様子を窺うと、ちょうどサリヴァン様が潜伏しているという屋敷へとたどり着いていた。

「奥方様、着きましたよ」

「あ……はい、ありがとうございます」

コンコン、と馬車の扉がノックされて、案内の男性に声をかけられる。

私は目の周りを手で擦《こす》って返事をした。

「ここに……サリヴァン様が？」

「ええ、ご案内いたします」

馬車から外に出た私は、その屋敷を見上げた。

大きさが、私の自宅の倍以上もある。

明らかにお金がかかっているとわかる豪華なたたずまいに、使用人が二十人はいなければ管理できないであろう敷地の広さ。

なぜか庭のあちこちに石畳や塀の壊れた痕《あと》があり、地面に黒いシミが付いていることが気にはなるが、見るからに王族や上級貴族が住む屋敷のようである。

（サリヴァン様は、どうやってこんな豪華なお屋敷を？）

サリヴァン様はずっとお金に困っているようなことを口にしていたのだが、あれは演技だったのだろうか？

ひょっとしたら、東方辺境に来てからの荒れた姿は全て作り物で、ノムス家の人々を欺《あざむ》くために一芝居打ったのかもしれない。

（そっか、サリヴァン様はずっとマクスウェル家と戦う準備をしてたんだ。毎日、お酒を飲みに行ってたのは、それを隠すためだったのね）

私は一人で納得して頷き、案内の男性と一緒に屋敷に足を踏み入れた。

広い屋敷には大勢の使用人がいて、忙しそうに働いている。

「ほら、先にこっちを拭かないとホコリが落ちるだろうが！」

「す、すいません！　お許しを！」

ふと声のしたほうを見ると、掃除をしていた七十歳くらいの老人が、若い執事に怒られている。

「あちらの方は？」

隣にいる案内の男性に聞いてみる。

「ああ、新しく入った使用人のご老人ですよ。没落貴族で行くあてがないのを、旦那様が拾ったのです」

「そうなんですか、サリヴァン様はやっぱりお優しいですね」

なぜだろうか、その老人にどこかで会ったような気がしたが、特に気にすることもなく通り過ぎる。よほど慣れない仕事が大変なのか、老人のほうも私を一瞥《いちべつ》することもなかった。

「こちらになります。皆さんお待ちですよ」

「あ、はい。案内ありがとうございます」

屋敷の奥にある扉の前に案内され、ドアノブを握る。

(皆さん？　誰のことかしら？)

ふと男性の口にした言葉への疑問が浮かんだが、特に深く考えることなくノブを回す。

そして、扉の向こうの光景が露わになった。

「よお、久しぶりだなあ。待ってたぞ」

「え⁉」

そこに立っていたのは、ディンギル・マクスウェル様――私の元・婚約者の姿だった。

「な、なんで貴方が……！」

「ははっ、夫婦ってのは似るもんだな。同じことを聞きやがって」

ディンギル様は椅子に座り、デスクの上で手を組んでいる。

声音こそ穏やかで友好的なものだったが、イタズラ小僧のような表情の奥底に言いようのない敵意を感じ、私の背筋は震え上がった。

「そんな……どうして……⁉」

「どうしてはこっちの言葉だ！　この馬鹿者めが！」

「えっ⁉」

突然、横から怒鳴りつけられ、私はビクリと肩をこわばらせる。

聞き覚えのある声に振り向くと、そこにはなんと、父と兄の姿があった。

「お父様⁉　どうしてここに⁉」

「どうして、どうしてだとっ……！」

穏やかで優しい父は今、苦渋《くじゅう》に耐えられないとばかりに表情を歪《ゆが》めている。

「どうして、ここに来てしまったんだ！　ここに来なければお前は許されたのに！　なぜだ、そんなにあの男が大事だったのか⁉」

「え、あ……そんな、でも……」

これまで見たことがないほど怒りと悲しみに染まった父の顔に、私は自分がとんでもない失態を犯してしまったことを悟った。

父の隣にいる兄もまた、苦々しい表情を浮かべている。私と目が合うと、兄は気まずそうに視線を横へずらした。

「ザイル、いつまでご婦人を立たせておくつもりだ？　早く椅子に座らせろ」

「かしこまりました」

「あ、あの……！」

案内の男性が強引に私の背中を押して、部屋の真ん中に置かれた椅子に誘導する。

私はろくに抵抗することもできず、椅子に座らされてしまった。

男性はそのまま座った私の肩を押さえる。私はもはや椅子から立って逃げだすこともできなくなってしまう。

「さて、ノムス男爵」

「………はい」

ディンギル様が父に声をかける。父は涙でクシャクシャになった顔になりながらも、主家の跡継ぎの呼びかけに返事した。

「こうなった以上は仕方があるまい。お前も異存はないな？」

「……はい、ありません。全てはディンギル様にお任せいたします」

「結構。実に結構」

父の言葉を聞いて、ディンギル様が満足そうに息をつく。

「では帰っていいぞ。ご苦労だったな」

「その……ディンギル様……セレナは私のたった一人の娘です……ですから……」

「ああ」

ディンギル様が私に視線を向ける。獣が獲物を見るような目つきに、私の全身は凍りついた。

「命だけは助けると保証しよう。これ以上は言わせるなよ？」

「はい……」

ディンギル様の言葉に頷き、父はうつむいたまま部屋から退室する。兄も父の肩を支えるようにしてついていった。

「あっ……！」

自分が与《あずか》り知らぬところで運命が決められてしまった——その恐怖から、私は父と兄に助けを求めようとする。

しかしディンギル様に睨みつけられて、それ以上言葉を発することができなくなった。

ガチャリ、と扉が閉まり、父と兄が部屋からいなくなる。

自分は二度と二人と会うことができない——そんな確信めいた予感が胸中を支配する。

「さて、元・婚約者殿。自分がなんでここにいるのか、わかるかい？」

「それは……」

ディンギル様の言葉に、私は口ごもった。

「……わかりません」

どうして彼がここにいるのかも、自分がどうしてここに来てしまったのかも、頭が混乱してわからなくなってしまう。

「わからないってことはないだろう？　俺の暗殺を企《くわだ》てた、サリヴァンを助けるために来たんだ。

違うか？」

しかし、ディンギル様は容赦なく言葉で私を追い詰めてきた。

「マクスウェル家を倒すために、俺を殺す手伝いをするために、ここに来たんだろ？　どうしてわからない振りをするんだ？」

「あ……ああ……」

そこまで言われて、ようやく私は自分が置かれている状況を完全に悟った。

私は——嵌められたのだ。

「私が、サリヴァン様の味方をするかどうか……あなたは、試したんですね……？」

「サリヴァンよりは察しがいいじゃないか。その通りだ」

私の言葉に、ディンギル様は愉快そうに笑う。

世にも残酷な笑顔を向けられて、私は処刑を待つ罪人の気持ちになった。

「サリヴァン様は、どうなったんですか？」

追い詰められた私が何よりも気になったのは、ここにはいない夫のことだった。

一度は愛した男性がどうなったのか。まだ無事でいるのか。それとも……

「……死んだ。あいつはもう、この世にはいない」

その言葉を聞いた瞬間、全身から力が抜けた。椅子が横倒しになり、床にへたり込んでしまう。

「あ……は……あははっ……ははっ……王子様が、いなくなっちゃった……私の、わたしだけの、王子様が……」

口から自然と笑い声が漏れた。魂が身体から抜けていくような感覚が私を襲う。

「わたしは……どうなるんですか……？　殺されるんですか……？」

「ノムス男爵に免じて、命だけは助けよう。ただし……君は二度と、生きてこの屋敷から出ること
はないと、断言しておく」

「そうですか……あはっ、捕まっちゃった……食べられちゃった……悪いドラゴンに……もう、王
子様は、助けに来ない……」

けらけらけら。

ケラケラケラ、ケラケラケラ。

自分の心が砕けていく音を聞きながら、私はひたすら笑い続けた。

ドラゴンの前に王子様は倒れ、お姫様はドラゴンに食べられてしまいましたとさ。

めでたし、めでたし。

23　揺れる王宮、激動の時代へ

「ええい！　放せ！」

ている。

「陛下、落ち着いてください！」

「うるさい！　王である余に指図をするな！」

その日、王宮は大いに荒れていた。

玉座の間にて、国王が叫び、暴れている。それを配下の貴族や侍従が、必死の形相《ぎょうそう》で押さえつけている。

普段は温厚、それを通り越して気弱な王が、今は鬼の如く怒り狂っていた。

今から数日前、東方辺境の大貴族・マクスウェル家から王宮に書状が届いた。

内容は、王家から東方の男爵家に婿入りしたサリヴァン元・王太子が、マクスウェル家の跡継ぎの暗殺を謀《たばか》り、失敗した果てに討ち取られたというものである。

その書状を読み、いまだに手放した息子への未練があった国王は泡を吹いて卒倒してしまった。

そして、数日間寝込んだあげく、目覚めた途端にこの騒ぎである。

「ワシの可愛いサリヴァンが討たれただと!?　ふざけるな！　これはマクスウェルの陰謀だ！　今すぐに兵を出してマクスウェルを攻め滅ぼして……むぐうっ!?」

「今の発言は本意ではない！　国王陛下は疲れているだけだ！　全員、聞かなかったことにしろ！」

とんでもない命令を下す国王の口をふさいで、ロサイス公爵が慌てて叫んだ。

国王はロサイス公爵の手を剥がして気炎を上げる。

「ええい、宰相！　お前までマクスウェルの肩を持つのか!?　あの反逆者はなんの証拠もなくサリヴァンを犯罪者扱いしているのだぞ！　それを許すのが貴様の忠義か!?」

「陛下、いい加減落ち着いてください。証拠ならマクスウェルから送られてきております！」

サリヴァンが暗殺を企んだという明確な証拠は、マクスウェル家より送られてきていた。

その中にはサリヴァンの署名が記された契約書もあり、王家に保管されていた書類の筆跡と照合して確認も取れている。ご丁寧に拇印までしっかりと捺されていた。

本当に、仕立て上げられたのかと疑いを持ってしまうほど、サリヴァンの有罪は明白であった。

「契約書に記されていた報酬の金額は、サリヴァン殿が王都の友人らから借りた金額の合計と一致しております。残念ながら、サリヴァン殿の容疑は間違いないかと」

「黙れ黙れ！　仮にそうだとしても、逆賊マクスウェルを討つための正義の行いに違いない！　今すぐサリヴァンを助けに行くぞ！」

「何を馬鹿な……！」

ロサイス公爵は憤怒に顔を歪《ゆが》める。

この場にいるのは王と公爵だけではない。他の中央貴族もいるし、王宮で働く役人もいる。

そんな中で大貴族であるマクスウェルを公然と逆賊呼ばわりするなど、内乱に発展しかねない事態である。

しかし、王はそんなことは知らぬとばかりに、失言を重ねる。

「今すぐ兵を出してサリヴァンを援護せよ！　サリヴァンには不死の腕輪を持たせてある！　必ず

無事で生きているはずじゃ！」

「不死の腕輪……【豪腕英傑《ヘラクレス》】か⁉」

王の言葉に、ロサイス公爵は目を見開いた。

「まさかそれをサリヴァンに⁉　廃嫡された王子に、至宝を渡したのか⁉」

不死の腕輪【豪腕英傑《ヘラクレス》】は代々、ランペルージ王国の国王に引き継がれてきた秘宝だ。それはもはや王の証と言っても過言ではなく、嵌めることが許されるのは国王だけである。

新しく王太子になった第二王子ならいざ知らず、王族でなくなったサリヴァンに腕輪を渡すなどということがあっていいはずはなかった。

「次期国王であるサリヴァンに王の証を渡して何が悪い⁉　次の王はサリヴァンじゃ！　サリヴァンこそ余のただ一人の子じゃ！　あんな誰の子ともわからぬガキに王位を渡すものか‼」

「はあっ⁉」

その言葉に、貴族達がざわりと騒いだ。

現・王太子である第二王子は母親似で、国王ともサリヴァンとも似ていない。

だからといって王が公然と自分の子でないと言い放つなど、誰が予想しただろうか。

「そろそろ黙れっ！」

「ぐげっ⁉」

これ以上の失言は許すまいと、ロサイス公爵は強硬手段に出た。

公爵の拳が王のみぞおちにめり込み、哀れな老人の身体がくの字に曲がって床に崩れ落ちる。

その場にいる貴族や、王の警護をする近衛兵ですら、ロサイス公爵の行動を止めなかった。

「……王は過労でお倒れになった。早く部屋に連れていけ。私がいいというまで部屋から一歩も出さぬように。身の回りの世話も、耳栓をしてあたれ」

「は、はいっ！　かしこまりました！」

「今聞いたことは他言無用である。破ったら……わかっているな？」

ロサイス公爵は、その場にいる者を一人一人順番に睨みつける。

この場で最も逆らってはいけない人物が誰なのかは、口に出すまでもなく明白であった。

「はい！　もちろんでございます！」

「我々は何も聞いていません！」

誰もが異論を唱えることなく、ぶんぶんと激しく首を縦に振るのであった。


それから半日後。目を覚ました国王は再び騒ぎだし、軟禁《なんきん》していた部屋で暴れ狂った。

しかし、幸か不幸か、王が突然に頭を抱えて倒れてしまったことで騒ぎは鎮静化。

王家秘蔵の【霊薬魔具《ポーション》】により一命をとりとめた国王であったが、後遺症《こういしょう》として手足に強い麻痺が残ってしまい、ベッドから自力で起き上がることすらできなくなってしまった。

これにより、まだ十二歳の第二王子が王として即位し、ロサイス公爵が摂政としてその補佐につくことになった。

サリヴァンとともに行方不明になった国宝。

失われた貴族達の王家への信頼。

前王から実の子と認められていない新王。

様々な問題を抱えたまま、ランペルージ王国は新しい時代を迎えることになる。

迷走する王国がどこへ向かっていくのか——それはまだ誰にもわからなかった。

24　裏切り者の末路

「——と、いうことがあったらしいぜ？」

「……お前はいったい、どこからそういう話を仕入れてくるんだ？」

俺が王都にいる『友人』から聞いた王家の噂話を話し終えると、親父は感心半分、呆れ半分でそう言った。

婚約破棄から始まり、サリヴァンの東方辺境への婿入り、辺境伯後継ぎ暗殺未遂事件、事後的に共犯者となったセレナへの処分。

東方辺境を騒がせた激動の事件から、一ヵ月が過ぎた。

一通りの問題を片づけた俺は療養と称して仕事から逃げ出し、エリザとサクヤ、お気に入りのメイドを引き連れて、別荘に滞在していた。

別荘ではメイド達とイチャイチャして、シャナと剣を合わせ、『鋼牙』の密偵を相手に「ショウギ」というゲームをして、朝から晩まで自堕落な生活を送る。

そして今日、珍しく親父が別荘を尋ねてきたのだった。

暗殺未遂の一件で多少なりとも息子を心配しているようで、様子を見に来てくれたらしい。

俺と親父は現在、庭にテーブルを置き、対面に座って紅茶を飲んでいた。

メイドは少し離れた場所に待機しているため、久しぶりの親子水入らずである。

サリヴァンとの戦いで荒れ果てた別荘の庭はすでに修復が済んでおり、血が染み込んだ土も入れ替えてある。

季節の花に囲まれた雅《みやび》な庭であったが、俺と親父が口にする話題は剣呑《けんのん》なもの。

「人の口には戸が立てられないからな。ロサイス公爵がいくら口止めしたって無駄だ。前王が国宝を手放したこととか、新王が前王の実子でないかもしれないとか、こんな面白そうな話を隠し通せるわけがない」

「頭の痛い話をしてくれる……ここに来たのは間違いだったな」

ランペルージ王国の根幹を揺るがしかねない話の数々を聞き、親父は頭痛をこらえるように額を手で押さえる。

「一応、聞いてみるけど……これって俺のせいじゃないよな？」

「……どうだろうな」

俺の問いに、突き放す口調で親父が答える。

現在、王都で起こっている様々な騒動は、どれも俺の婚約破棄が発端《ほったん》となって起こったことだ。

後始末に追われるロサイス公爵には、本当に申し訳ないことをしたと思っている。

すると、親父は俺の考えを読んだみたいにこう言った。

「申し訳ないと思うのであれば、【豪腕英傑《ヘラクレス》】を王家に返還したらどうだ？　アレを捕縛しに行った兵士から聞いているぞ。王家の至宝であるあの腕輪を身につけていたと」

「なんの話だ？　あの腕輪はサリヴァンと一緒に行方不明だろう？」

「やれやれ……やはりネコババを決め込むつもりか。忠告しておくが、お前が腕輪を奪ったことがばれたら、さすがに反逆ととられるのは避けられないぞ？　たとえ、それが前王やサリヴァンの自業自得であったとしても」

見たこともないほど真剣な表情で、親父が言った。

言い訳もごまかしも通用しない強い視線。俺が生まれる前から東方国境を守り続けてきた、護国《ごこく》の大将の顔である。

真剣な眼差しから視線を逸らして、俺は空を見上げながら口を開いた。

「別に王家とケンカする気はないさ。背中に帝国を背負った状態で中央の連中に勝てると思うほど、俺は無謀じゃない」

「……帝国がいなければ王家と争うと、そう言っているように聞こえるな」

「そんなに睨むなよ。俺には俺の考えがあるんだからよ」

親父の気迫に気圧されたわけではないが、俺は自分の本音をきちんと語っておくことにした。

それを聞いたうえで親父が辺境伯としてどのような態度をとるのか、知っておきたかったというのもある。

「この国は歪《ゆが》んでいるよな。東方と北方は帝国、西方は砂漠の『邪悪な軍勢』、南方は海賊と南洋の島国。四つの辺境伯家は絶えずそれぞれの敵と戦い続けていて、四方四家のどれか一つでも敗北するなり裏切るなりしてしまえば、容易に国は滅亡する」

「……」

「そんな砂上の楼閣《ろうかく》にありながら、守られているだけの中央貴族は平然と俺達のことを田舎貴族と侮辱する。サリヴァンは俺のことを殺人鬼呼ばわりしてくれたけど、口に出さないだけで中央の連中は似たり寄ったり、俺達のことを見下してるんだぜ？」

そこまで言って、俺はティーカップを手に持ち、口元に運ぶ。上質な茶葉の香りを存分に楽しみながら、口の中に紅茶を流し込んだ。

親父は話を急《せ》かすことなく、俺が紅茶を飲み終わるのを待っている。

「うん、美味い………たとえ俺が問題を起こさなかったとしても、東西南北のどこかがいずれ爆発するだろう。俺はそれに備えているだけだ。建国から五十年、こんな歪《ゆが》んだ国がよく保ったほうじゃないか」

「……お前は、国に反旗を翻すつもりなのか？」

「先ほども言った通り、帝国が健在なうちは何もしない。手駒も武器もまだ物足りないしな」

俺は親父から見えないように、ポケットの中にある腕輪を指先で弄ぶ。

不死の腕輪【豪腕英傑《ヘラクレス》】。今回の騒動の最大の収穫物だが、それだけで俺は満足していなかった。

俺が望んでいるのは、王家や中央政府にただ勝つことではない。

一切合切、相手を寄せつけることなく、誰の目から見ても圧勝して、マクスウェル領をランペルージ王国から独立させることだ。

自分の武を鍛え上げ、兵士を育てた。

内政によって金を得て魔具を買い集め、『鋼牙』を暗殺・諜報部隊として自陣に引き込んだ。

それだけ準備をしても、俺はまだ十分だとは思わなかった。

「親父。俺はマクスウェル領を、東方辺境を愛している。心配しなくても、東方の民を苦しめるかもしれない戦いをする気はない。わずかでも王家や中央政府に勝ち目があるうちは何もしない」

「そうか……」

親父はしばしの間考え込んだあと、ぐったりと椅子の背もたれに体重を預けた。

「……なんだか本格的に頭が痛くなってきた。隠居してもいいか？」

「親父が隠居したら俺が自由に動けなくなるからダメだ」

「そうだろうな…………あー、辛い。嫁さんの顔が見たくなってきた。グレイスに会いたい」

「……あのクソババアの話は、この別荘では禁止だ」

俺は顔をしかめて、親父の話を打ち切った。

とりあえず、親父は俺のことを処罰することはないようだ。

俺は安堵の息をついて紅茶を口に運ぶ。

「そういえば、この別荘に新しい使用人が入ったから、親父にも紹介しようか」

殺伐とした話はこれまでにして、話題転換をする。

親父は苦い顔をして首を横に振った。

「どうせお前の愛人だろう？　別に顔を見たいとは思わないが」

「そう言わずに会ってくれよ。なかなか面白い奴だから」

「うむ？　まあ、そこまでいうのなら構わないが……」

俺は呼び鈴を鳴らしてメイドを呼び寄せ、『彼女』を連れてくるように命じる。

メイドはすぐさま、『彼女』を俺達の前に連れてきた。

「その娘は……」

「紹介しよう。『鋼牙』に新しく加わった新人、カンナちゃんだ」

「…………」

彼女の異様な風体に、親父が息を呑む。

俺が紹介したのは十八歳ほどの少女。

『カンナ』は、上から下まで全身がとにかく白かった。

真っ白い髪と、色白の肌。瞳の色は灰色。身につけている服は『鋼牙』の故郷の民族衣装で、『キモノ』という、これまた真っ白な服である。

唯一、唇だけが朱《しゅ》に染まっており、まるで白い平原に鮮やかな赤い花を咲かせているようだった。

可愛らしい顔立ちをしているが、その表情からは感情というものが抜け落ちている。

サクヤみたいに訓練によって表情を消しているのではなく、まるで生まれたばかりで感情を知らないかの如く無垢《むく》な顔をしている。

呆然とした様子でカンナを見ながら、親父がつぶやく。

「カンナ……だと。馬鹿な。その娘は、セレナ・ノムスだろう？」

親父の言葉に、俺は口角を吊り上げて笑った。

俺がカンナと呼ぶその少女は、セレナ・ノムスという女のなれの果てであった。

カンナ――かつてはセレナ・ノムスと呼ばれた彼女は、ゆっくりと手を持ち上げて俺を指差す。

「……宝、女、収集する、剣、喰らう英雄――呪いの黒竜《ファフニール》」

「なんだと？　この娘は何を言っている？」

淡々とした口調でしゃべりだしたカンナに、親父が眉間に皺を寄せる。

カンナは親父の疑問の声に反応することなく、今度は親父を指差した。

「……守る、東、想う、南海、枝を伸ばす、永遠の乙女へ――守る大樹《セフィロト》」

「おいおい、カンナ。親父を指差したら失礼だろ？」

「ごめん、なさい……失礼を、いたし、ました」

「……ディン。お前、セレナに何をしたのだ？」

規則性のない単語を羅列《られつ》するカンナを見て、親父が俺を睨みつけた。

俺は口笛を吹くように唇を尖らせて飄々と言う。

「言っただろう。彼女はセレナじゃなくて、カンナだよ」

俺は手招きをしてカンナを呼び寄せる。

トコトコと歩いてくる彼女の手を引っぱって膝の上に座らせ、背後から手を回して抱きしめた。

「ほら、セレナがこんなことをさせてくれるわけないだろ？　彼女は俺を暗殺したいくらい嫌っているんだから。ほら、ぎゅー」

「ぎゅー……」

俺は白くなった髪に顔を埋《うず》めて、淡い汗の香りを楽しむ。

「………」

あまりのことに言葉を失う親父。

カンナが身につけている『キモノ』は、ガウンのように両手を袖に通して羽織り、帯で胴体の部分を締めて結ぶというものである。

この服のいい点は、胸元に手を入れやすいところだ。俺は後ろから服の合わせに手を滑り込ませ、胸のふくらみを弄ぶ。

俺に胸を触られながらもカンナは顔色一つ変えることはない。

以前の彼女であれば恐怖のあまり泣きだしていたかもしれない蛮行を、普通に受け入れている。

「……まるで人形だな。本当に、お前はいったい何をしたんだ？」

親父がわりと本気で引きながら聞いてくる。

俺はカンナの身体を弄ぶ手を止めることなく、にやりと笑った。

「俺は別に何もしてないんだけどな。何かしたのは、『鋼牙』の連中だよ」

事後的にサリヴァンの共犯者となり捕まったセレナは、あまりのショックに心を壊してしまった。

ケラケラと笑い続けるだけで自分では食事もトイレもしない彼女の処遇に、俺は苦慮させられることになった。

さすがにこの状態の彼女には、サリヴァンのように強制労働させることも、ベッドの上で玩具にしてやることもできやしない。

そこで、『鋼牙』の忍者達に彼女の使い道を相談したところ、彼らが預かってくれることに。そして一ヵ月ほどで「カンナ」という少女が誕生した。

「『鋼牙』の連中が言うには、セレナにはもともと巫女の素質があったらしいぞ」

「巫女？　東方の神官のことか？」

「ああ、この世ならざるものを見て、神の声を聞く女祭司。未来を予知することもあるらしい」

『鋼牙』に同様の才能を持つ老婆がいるらしく、セレナは彼女の下で才能を伸ばすことになった。

（才能を伸ばす……といっても、随分とひどい扱いをされたみたいだけど）

特殊な薬を飲まされたり、裸で冷水に放り込まれたり、セレナは厳しい修練を無理矢理に受けさせられたそうだ。彼女の真っ白になった髪や灰色の瞳を見れば、それがどれだけ厳しいものであったかは明白である。

厳しい修業の結果として、一度は崩壊した人格が歪《ゆが》んだ形で再構築され、人形のごとき白巫女・カンナが誕生することになった。

「俺も詳しくは聞いてないが、カンナは人間の魂を見て本質を言い当てることができるそうだ。たまによくわからない予言みたいなことを言うときもある」

カンナいわく、俺の魂の本質は『呪いの黒竜《ファフニール》』であるらしい。

女を攫って財宝をため込む邪悪なドラゴン。俺にお似合いといえばお似合いかもしれない。

「ちなみに夜伽についても色々と仕込まれているそうだ。まだ試したことはないんだが、わりと楽しみにしてる」

「……これ以上、頭痛の種を増やすな。ノムス男爵にどんな顔をして会えばいいのだ」

親父は頭を抱えて机に突っ伏した。

ちなみにセレナの捕縛に協力したことで、ノムス男爵はサリヴァンの反逆への責任を免れている。他の寄子の貴族達からは処分が甘すぎるとの意見も上がっているが、そもそもサリヴァンを押しつけてしまったのは俺である。

次期当主であるクレイ・ノムスには期待もしているし、身内から反逆者を出してしまったという不名誉だけで罰としては十分だろう。

「ま、元気でやってるとでも伝えてくれ。どうせセレナとは会うこともないんだし」

「……私はもう帰る。お前もいつまでも自堕落な生活をしていないで、早く屋敷に戻ってきて仕事をしろ」

「はは、善処するよ」

俺は両手を上げて反省の意を示し、護衛を引き連れて屋敷から出ていく親父を見送った。

「……苦労をかけて悪いな」

親父が乗った馬車を見送りながら、ぽつりとつぶやく。

自分がいい息子であるとは思っていない。色々と気苦労をかけていることは自覚している。

それでも、俺は自分の欲望と野心を抑えられない。抑えることが正しいことだとも思えない。

これから先も様々なトラブルを引き起こして、親父に頭痛を与え続けることになるだろう。

「長生きしろよ、親父」

「長生き……大樹は、枯れない……」

俺はカンナの肩を抱いて、屋敷の中に入っていった。

25　そして歴史は動きだす

「ん、あっ、ああ……坊ちゃま……」

「ちゅ、んぷっ、ふっ、ディンギル様、素敵です」

「くっ、ううっ……んっ、主殿、そこは、くうっ⁉」

「んっ、んっ、んっ……だんな、さま……」

豊穣の女神のように豊満な身体つきのエリザ。

小さな身体で絶妙な性技を駆使するサクヤ。

無駄のない理想的なプロポーションのシャナ。

細身ながらも胸や尻にしっかりと肉が付いているカンナ。

俺は四人の女性と代わる代わる身体を重ねて、欲望のままに彼女らの身体を貪《むさぼ》った。

親父からの催促《さいそく》を受けたことだし、この別荘での休暇ももう終わりである。

休暇の最後を飾るのは、やはり美しい乙女達との交わりだろう。

「ほれ、今度は後ろからしてやろう。カンナ、両手をつけ」

「はい……あ……」

カンナを抱くのは今夜が初めてである。

あのサリヴァンの妻だった彼女に対してさほど期待はしていなかったのだが、その身体は思いのほか具合がよく、俺との相性も抜群だった。

感情を失って不感症になってないかと心配していたのだが、アレコレとしてやると初々しい反応がきちんと返ってきた。

（サリヴァンのお古だから変な癖がついてないか心配してたけど、杞憂《きゆう》だったみたいだな）

「カンナ、にゃー、って鳴いてみろ」

「にゃー……にゃー……」

「よしよし。いい子だ」

「にゃあん……」

一度、人格が崩壊して再構築されたカンナは赤ん坊みたいに無垢で、教えたことを素直に吸収していく。

子供に悪い遊びを教えているような罪悪感と背徳感があわさって、背筋がゾクゾクと震えた。

（まあ、俺は処女好き《ユニコーン》じゃないしな。略奪愛ってのもオツなもんだろ）

他人の女を奪うというのは、不思議と気分のいいものである。それが嫌いな相手の女であるならなおさらだ。

（なあ、サリヴァン。さぞや気持ちよかっただろうな。人の女を奪っておいて、こっちを一方的に悪者に仕立て上げるのは。自分がヒーローになったような気分だったろうな）

その結果として、地位も女も、若さすらも奪われた男のことを思い、俺は内心でほくそ笑む。

「ふにゃあああん！」

壊れて真っ白になった乙女を、自分の手で一から染め直していく。

女の存在を好き勝手に作り変える、至福とも呼べる所行であった。

「ふふ、坊ちゃまったら。カンナさんばかりズルいですよ」

「……新入りは控えて私達に譲るべきかと」

「やれやれ、私は最後でいいぞ……って、こら！　変なところを、ひゃっ⁉」

次の相手は、さりげなく逃げようとしているシャナにしよう。

夜はまだ始まったばかりだ。腹いっぱい食わせてもらうとしようか。

それから数時間、彼女達との行為は続けられた。

夕食を摂ってからすぐに始まり、永遠に続くかと思われた愛欲の宴であったが、やがて終わりの時間がやってくる。

俺達五人は体力を使い果たして、全員キングサイズのベッドに沈み込むように臥していた。

「あー……よかった。なんだか久しぶりに満ち足りた気分だ……」

俺はエリザの豊かな胸に顔を埋《うず》めて、のんびりとつぶやいた。

エリザの手が俺の頭を優しく撫で、労わってくれる。

「お疲れ様でした。坊ちゃま」

「別に疲れてないけどな。まだまだやれるぞ」

「そちらのことではありませんよ。この数ヵ月は色々とありましたから、お疲れだったでしょう?」

「んー、どうかなあ……」

婚約破棄から始まった騒動。

それはサリヴァンの失脚、俺に対する暗殺未遂を経て、ランペルージ王家が凋落《ちょうらく》し、中央政府の混乱を招く結果となった。

しかし、問題がこれで終わりではないことを俺は知っていた。

「忙しくなるのはこれからだろうな。たっぷり休暇を取らせてもらったし、この程度で音を上げるわけにはいかないさ」

「そうですか……無理はしないでくださいね」

エリザが俺の頭をそっと抱きしめる。俺は遠慮することなく、柔らかな感触を存分に堪能させてもらった。

「ん……」

そうやって俺とエリザがイチャイチャとしていると、カンナが急にベッドから起き上がり、トコトコと窓辺に歩み寄る。

「ん、どうした?」

「………」

俺の声に応えることなく、カンナは窓の閂《かんぬき》を下ろして左右に開け放った。

冷えた風が部屋の中へと吹き込んでくる。火照《ほて》った身体が急速に冷まされて、エリザは身体をブルリと震わせた。

「カンナ、寒いから閉めてください」

「待て、様子がおかしい」

「ん、ん……」

カンナが窓の外へと右腕を伸ばす。

すると夜闇の中から影が飛び出してきて、彼女の白い腕に下り立った。

「フクロウ?」

「あれは『鋼牙』の伝書フクロウですね」

ベッドから身を起こしたサクヤが言う。

それはカンナの白い髪と同じく、真っ白な羽を生やしたフクロウだった。

白いもの同士仲がいい……というわけでもないだろうが、フクロウはカンナの顔に嘴《くちばし》を近づけて頬を優しくつつく。

「あれは私達が緊急時の連絡に使うものです。カンナ、手紙をこちらに」

「ん」

サクヤが命じると、カンナはフクロウの脚についていた紙の筒を外してこちらに持ってくる。

手紙を受け取ったサクヤは丸まった紙を広げて、上下に素早く視線を走らせた。

「これは……」

「おいおい、緊急事態か？」

「そう、ですね。これは緊急です」

サクヤは紙から顔を上げて、俺に視線を合わせる。

目元を鋭くさせたサクヤの表情から、事態の重さが伝わってきた。

「隣国、バアル帝国の皇帝が崩御《ほうぎょ》しました。病死のようです」

重々しい声で発された言葉を、俺は頭の中で繰り返す。

『皇帝の崩御』

マクスウェル家と幾度も戦った東のバアル帝国。かの大国の皇帝が病気で芳《かんば》しくないというのは耳にしていたが、急死するほど悪いとは思っていなかった。

皇帝には三人の皇子がいるが、いまだに後継者を指名していない。大なり小なり、なんらかの問題が勃発《ぼっぱつ》するのは目に見えている。

「……なるほどな、歴史っていうのはこういう風に動くのか。面白いな」

ランペルージ王国の国王が病で倒れたと思ったら、バアル帝国でも事態が動きだした。どこもかしこも戦乱の火種が溢れている。

これが歴史というものか。

乱世というのは、こうして起こるのか。

俺は今、歴史が動く転換点に立っている。

「面白いな、実に面白い！」

ああ、面白い。

やってやろうじゃないか。

全ての事態を、騒動を呑み下して、残らず俺とマクスウェル家の糧《かて》にしてやろう。

俺は猛然と立ち上がって窓辺に立つ。

窓の外では、ちょうど朝日が昇ろうとしていた。闇に沈んだ大地に、徐々に明かりが射し始める。

俺は東から昇りゆく朝日を、帝国があるであろう方角を指さした。

「いいだろう、やってやる！　王家も帝国も、せいぜい震えて眠りやがれ！　この時代の変わり目を、乱世を制するのはこの俺だ！」

俺もクズだが、悪いのはこの時代！

平和を守ることができなかった馬鹿どもだ！

幕間1　ディンギル・マクスウェルの初陣

皇帝の死を聞いた俺は、翌日から帝国と戦う準備を始めた。

手始めにやることは、寄子の貴族への連絡である。俺は自室の机に向き合い、東方貴族の中でも親交が深く、年齢も近い者達へ書状をしたためていた。

「随分と精力的に働いていらっしゃるようですけど、本当に帝国は攻めてくるのでしょうか？」

紅茶が入ったカップを机に置き、サクヤが首を傾げて尋ねてきた。

俺は筆を握った手を止めることなく、横目で黒髪のメイドの顔を見る。

「絶対とまでは言わねえけどな。まあ十中八九、なんらかの騒動が起こるだろうよ」

書き終えた書状のインクが乾くのを待って、便箋《びんせん》に入れる。マクスウェル家の家紋が刻まれた封《ふう》蝋《ろう》を押して、宛名を記入した。

「帝国は第一皇子と第二皇子の勢力が均衡していて、どちらが皇帝になるのか決定打に欠ける状態が十年近くも続いている。そのバランスを崩す一手として、国境を越えてうちの領地にちょっかいをかけてくる可能性は十分にある」

ランペルージ王国とバアル帝国は長年の宿敵である。その宿敵を打ち倒したとなれば、次期皇帝になるための実績としては申し分ない。

特に第一皇子はマクスウェル家との因縁も深く、私怨から攻めてくることもあり得るだろう。

「できれば二人の皇子が内乱を起こしてくれるのが理想なんだが……そんなに上手くもいかないだろうな」

「なるほど……そういえば、私がディンギル様に仕える以前にも、帝国が攻めてきたことがあったそうですね？」

「ん？　ああ、俺の初陣のときのことだな」

今から五年前、俺が十三歳のときにも、帝国がマクスウェル辺境伯領に大規模な侵攻を仕掛けてきたことがあった。俺にとっても思い出深い、初めての戦場である。

俺は書き終えた二通の書状を手に取った。その宛名に書かれているのは、まさに初陣をともにした戦友の名前である。

ラッド・イフリータ。

サーム・シルフィス。

二人の名前が記された便箋をサクヤに手渡し、俺は窓の外に顔を向けて青空を流れる雲を目に映す。

「三人が揃うのも久しぶりだな。再会の場所が戦場になるとは、俺達らしいといえばらしいか」

俺はかつての戦場を思い出し、口元に笑みを浮かべた。

頭に浮かぶのは、最も信頼する二人の友の顔。

そして、俺にとっての最初の敵であり、最大の敵でもあった一人の英雄の顔であった。

幕間2　五年前――消えた放蕩息子

【side　マクスウェル辺境伯】

「ふむ、やはり戦争は避けられないか」

「はい、そのようですね」

家令からもたらされた報告を聞いて、私は重々しく頷いた。

私の名前はディートリッヒ・マクスウェル。ランペルージ王国東方辺境を守護する、マクスウェル辺境伯家の当主である。

現在、我がマクスウェル辺境伯家は一つの危機に直面している。それは隣国であるバアル帝国からの侵攻だ。

バアル帝国はランペルージ王国の興国以前から、我がマクスウェル家と戦いを繰り広げている長年の宿敵だ。

今から二百年前、初代皇帝であるゼブル・バアル一世によって建国された帝国は、国家の方針として「大陸統一」を一つの目標として掲げていた。

その理念のもとに周辺諸国を侵略し続け、五十年前にはランペルージ王国の前身であるランペルージ同盟と衝突することになった。

同盟が形を変え王国となってからも帝国との戦いは終わることはなく、特に東方国境にあるマクスウェル家と北方国境にあるウトガルド家は、幾度となく戦端を開いている。

「前に侵攻があったのは、確か二年前か」

「はい、あのときは北方ルートからの侵攻でしたから、我々とは剣を交えませんでしたが」

この十年間は、特に帝国の動きが活発になっていた。

その理由は、現・皇帝であるスペルビア・バアルが五年前に出した一つの宣言が原因だった。

『我が息子達の中から、最も早く敵国を滅ぼした者を次期皇帝とする』

現・皇帝には三人の皇子がいる。その皇子達にそれぞれ一つずつ敵国を指定し、最も早くその国を滅ぼして帝国の支配下に置いた者を次の皇帝にするというのだ。

その宣言を受けて、第一皇子であるラーズ・バアルがランペルージ王国に攻撃を仕掛けてきた。

「まったく、馬鹿な遺言《ゆいごん》を出してくれたものだ。こちらの迷惑を考えろ」

「旦那様、皇帝はまだ死んではいませんので、遺言というのは間違いがありますよ」

「ふん、時間の問題だろう。忌々《いまいま》しい皇帝め！」

私は鼻を鳴らして、皇帝の姿を思い浮かべる。

若い頃に一度だけ戦場で姿を見かけた敵国の首魁《しゅかい》も、今は病で城から出られないと聞いている。

あと何年もつかはわからないが、万が一どの皇子も目標を達することができなければ、跡目争いで帝国は無茶苦茶になるだろう。ランペルージ王国としては願ったり叶ったりの展開である。

「ともかく、戦の準備をしなければなるまい。帝国軍はどれくらいで到着しそうだ？」

「密偵からの報告によると、早ければ二十日ほどで国境にあるブリテン要塞に到着する模様です」

二十日間――今から軍議を開いて迎撃の方針を決めるのに五日。領軍を編成して装備を整えるのに十日。ここから要塞までは馬で一日、徒歩であれば三日ほどなので、決して余裕があるとは言えないだろう。

「そうか、至急軍議を執り行うぞ。寄子の貴族達にも兵を出させろ。ブリテン要塞へはすでに連絡しているな？」

「はい、抜かりなく。領軍の将にもすでに招集をかけておりますので、すぐにでも軍議を開けます」

「そうか、ご苦労」

有能な家令を持つと話が早くて本当に助かる。

私は椅子から立ち上がり――ふと思いついて口にする。

「ああ、そうだ。今回の戦をディン達の初陣にしよう」

「ディンギル坊ちゃまのですか？」

「ああ、あいつも今年で十三だからな。そろそろ初陣を済ませておいたほうがいいだろう。もちろん、後陣に置くつもりだが」

我が息子であるディンギル・マクスウェルは、父親の欲目を抜きにしても優秀だ。武術や馬術の腕はとうに指南役を超えているし、内政や軍学の覚えもいいと聞いている。

（最近、少し調子に乗っているようだからな。本物の戦場を見せて、現実というものを教えてやるとしよう）

そんなことを思いつつ、私は言葉を続けた。

「ついで……といったら申し訳ないが、イフリータとシルフィスの息子達にも初陣に出てもらおう。ちょうどいいから、ディンのお供につかせるか」

現在マクスウェル家では、寄子の貴族であるイフリータ子爵家とシルフィス子爵家の跡継ぎを預かっている。それは当家にて様々な勉学を修めてもらうとともに、いずれ主君になる息子と親交を深めてもらうためだ。

「ディンとあの二人にも軍議に参加してもらうか。色々と学ぶことも多いだろう」

私は名案だと自賛して頷き、家令に指示を出した。

しかし、家令は言いにくそうに視線を左右に彷徨《さまよ》わせる。

「あー……坊ちゃまなんですけど……」

「む、どうかしたのか？」

私が促すと、家令は申し訳なさそうに口を開いた。

「……坊ちゃまと子爵家のお二人は、朝早くからお出かけになりました」

「もう昼過ぎではないか。まだ帰ってきていないのか？」

「はい、その……ブリテン要塞の近くにある山へ狩りに出かけたとのことです。『狩りが終わったらそのまま要塞に向かう』とエリザに伝言を残していまして……」

「はああ⁉」

家令の言葉に、あんぐりと口を開けた。

どうやら、馬鹿息子達は一足先に戦場となる場所へ行ってしまったらしい。

後世にマクスウェルの麒麟児と呼ばれることになる我が息子、ディンギル・マクスウェル。

その初陣の、二十日前の出来事であった。

幕間3　悪童《あくどう》二人、山へ行く

俺の名前はディンギル・マクスウェル。

ランペルージ王国の東方国境を守護しているマクスウェル家の跡継ぎで、今年で十三歳になる。

そんな俺はただ今、マクスウェル領内の国境近くの山にやってきており、藪《やぶ》の中に身を隠していた。その理由はというと――

「若殿。来たみたいだぜ」

「ああ」

俺達が隠れている藪の前を、二メートルほどの大きさのアカクマが通り過ぎていく。

この山には、アカクマよりも大きな肉食動物はいない。真っ赤な体毛をなびかせて四本足で悠然《ゆうぜん》と歩く巨体は、まさに山の支配者のようである。

「もう少し待て…………三、二、一、かかった！」

「よっしゃ！」

「ガアアアアアアッ⁉」

俺達が事前に仕掛けていた罠にアカクマがかかった。落とし穴にアカクマの上半身が沈み込み、穴から露出した後ろ足でバタバタと宙を掻く。

「やれ！　ラッド！」

「おうよ！」

お供としてついてきた男、ラッドが弓矢を放つ。

矢はアカクマの腰の辺りに突き刺さった。

「ガアアアア、ガアアアアアっ‼」

痛みのあまりアカクマがもがく。力任せに上半身を穴から引き抜き、俺達に向かってきた。

「サーム！」

「承知っ！」

他の場所に隠れていたもう一人の仲間が、別方向から矢を放つ。

だが、アカクマの頭部に命中した矢は、固い頭蓋骨に弾《はじ》かれて地面に落ちた。

「くっ、しまった！　若殿、お逃げください！」

「いや、大丈夫だ。任せておけ！」

刺さりはしなかったものの、目の近くに当たった矢はアカクマを怯ませるには十分だった。

俺は剣を抜き、すれ違いざまにアカクマの胴体を斬りつける。

「ガアアアアアアアッ⁉」

血しぶきが舞って辺りの木を赤く染めた。

アカクマは後ろ足で立ち上がり、巨大な前足を俺に叩きつけようとする。

「はっ、二本足になってくれてありがとうよ！　お疲れさん！」

立ち上がったことで、逆に急所がさらけ出された。

俺はアカクマの懐へと飛び込んで、素早く喉に剣を突き立てる。

「ゴ、ガ、ガアアアっ⁉」

「うるせえよ！」

「ご、あ、があ、が……」

アカクマが後ろに倒れた。

俺はアカクマの巨体に飛び乗り、体重をかけて喉に刺した剣をさらに押し込んでいく。

苦しんで前足を振り回すアカクマ。死力を振り絞った最後の抵抗である。

俺は剣を抜き、爪で引っかかれないように素早くアカクマの身体から飛び降りて距離を取った。

「ご……あ……ガ……」

しばしもがき苦しんだアカクマであったが、やがて動きが鈍《にぶ》くなって絶命する。

「仕留めたみたいだな」

俺は剣を振って血を払い、腰の鞘に収めた。

「よっしゃ！　今晩は肉だ！」

倒れたアカクマの周りで赤髪を振り乱し、小躍りしているのはラッド・イフリータ。マクスウェル家の寄子であるイフリータ子爵家の長男で、俺と同じく十三歳である。

「まったく、焦りましたよ」

近くの藪から出てきたメガネの男はサーム・シルフィス。同じく寄子のシルフィス子爵家の跡継ぎで、こちらも俺と同じ十三歳だ。

サームは懐からハンカチを取り出して、こちらに差し出してきた。

「返り血を拭いてください、若殿。貴方がアカクマに跳びかかったときには、心臓が止まるかと思いました」

「はは、大げさな奴だな。たかが熊相手に」

「心配もしますよ。貴方にもしものことがあったら、私達は責任を取って自害しなければいけませんからね」

ラッドとサーム、同い年の二人は、それぞれの実家からマクスウェル家に預けられていた。

その目的は、マクスウェル家で勉学や兵法などを学んで将来の役に立てるため。

そして、主家の跡継ぎである俺との親交を深めるためである。

「これくらい命を懸けないと、度胸試しに来た意味がない。初陣が思いやられるぜ？」

「はあ、お願いですから戦場ではそんな無茶をしないでくださいね」

サームが溜息をついて俺を窘《たしな》める。

マクスウェル辺境伯家は、近いうちに隣国の帝国と戦争になる。おそらく、そこで俺達三人は初陣を経験するだろう。

今日はその初陣に備えて、度胸試しとしてブリテン要塞の近くの山まで熊狩りに来ていた。

ちなみに、俺達がここに来ていることは専属メイドのエリザにしか伝えていない。

辺境伯である親父や家令には内緒で来ているため、おそらく帰ったら説教が待っているだろう。

「かははっ、いいからさっさと捌こうぜ！　腹が減っちまった！」

「素人の僕達に解体できるわけないでしょう！　ふもとの村から人を呼んできますから、少し待っていてください！」

豪快に笑うラッドにそうツッコんだあと、サームは弓を担いで山から下りていく。

俺とラッドはそれを見送り、近くにある手ごろな岩へと腰かけた。

「あー、腹減った。若殿、なんか食うもの持ってねえの？」

「持ってたら自分で食ってるよ」

サームは礼儀正しく丁寧な男だが、ラッドは型破りな性格で、主家の跡継ぎである俺に対しても気安く話しかけてくる。

二人の存在は兄弟がいない俺にとって、兄や弟ができたようで心地よかった。

「水ならあるから飲めよ、ほい」

「えー、水かよ」

「少なくとも腹は膨れるぞ。文句を言う暇があったら、火でも焚《た》いたらどうだ？　解体したらすぐに焼けるようにな」

「そうだなー、薪《まき》でも拾ってくるか」

ラッドは石から立ち上がり、藪をかき分けていく。

しかし、すぐに立ち止まって首を傾げた。

「なあ、若殿。あっちに人がいるぞ？」

「ん？　どうせふもとの狩人だろ」

「あー、そっかそっか。籠《かご》を持ってるし、山菜でも摘みに来たみたいだな」

「山菜？」

ラッドの言葉に俺は眉をひそめた。

立ち上がってラッドが見たという人物を確認する。

俺達がいる場所よりも少し下にある山道を、麻《あさ》で編《あ》んだ簡素な服を着た男が歩いている。周囲を注意深く見渡しながら歩く男の背中には、大きな籠があった。

「確かに、山菜採りに見えるな。だけど……」

俺は目を細めて、男の姿を睨みつける。

「なあ、ラッド。俺達は今からふもとの村の子供だから。そのつもりでいてくれ」

「あ？　なんの話だ」

「いいから、言う通りにしろよ」

俺は緩やかな崖《がけ》を滑り降りて、籠を背負った男の前へと降り立った。

「うおっ⁉」

突然、目の前に降り立った俺に男は驚きの声を上げる。

「よお、おっちゃん。こんちは」

俺は相手を警戒させないように、にっこりと友好的に笑い、軽く手を挙げてみた。

「なんだ、坊主！　熊かと思ったぞ！」

「あはは、ごめんごめん。俺はサカ村のディン。おっちゃんはアイン村の人かい？」

サカ村とアイン村は、山のふもとに実在する村の名前である。

「ああ、そうだよ」

俺が尋ねると、男は頷いた。

今日はお忍びで来ているため、村人のような質素な服を着ている。男もまさか俺が辺境伯の息子だとは思っていないだろう。

「俺はアイン村のザップだ。子供だけでここまで来たのか？　悪ガキめ、親が心配してるぞ？」

俺と、続いて現れたラッドを交互に見て、ザップと名乗った男が眉を吊り上げる。

「いつものことだよ。おっちゃんこそ、こんなところで何をしてるんだ？」

「山菜採りだ。見ての通りな」

ザップが背中の籠を見せて言う。

俺は納得したように頷いた。

「ああ、今はサロの芽が旬だもんな。あれは鍋に入れて煮ると美味いよな」

「そうだな、今日はまだ取れてないからやらないぞ？」

「ケチだなー。何か食うもの持ってないのかよ！」

ザップの言葉にラッドが唇を尖らせて文句を言った。もともとが礼儀を知らない子供のような奴なので、言い方が恐ろしく自然である。本当に村の悪ガキにしか見えなかった。

「こっちは忙しいんだよ！　さっさとあっちへ行け！」

「ちぇー！」

「おっちゃんのケチー！」

俺達は文句を言いながら、その場から立ち去ろうとする。

しかし、ふと思い出したように足を止めて、俺は笑顔で尋ねた。

「あ、おっちゃんアイン村の人なんだよな？　なら、村長のところのルカは知ってるよな？　最近、体調を崩しているらしいからお大事にって伝えてくれよ」

「わかったわかった。さっさと帰りな！」

「はーい」

俺はヒラヒラと手を振りながら再び歩きだし、藪の中を進んでザップから見えなくなるまで距離を取る。

「随分とまあ、迂闊《うかつ》だよな」

「あ？　何がだよ。若殿」

ラッドが首を傾げ、俺は口角を吊り上げて笑う。

「この辺りの山では、サロの芽の旬は春の始めだ。もう夏だから、今はほとんど採れやしない。それからアイン村にルカなんて奴は存在しないよ」

「あ？　じゃあ、あのおっさんは誰だったんだ？」

「帝国の密偵《みってい》だろ？　帝国はここよりも一年を通して気温が低い。この時期でも向こうではサロの芽が採れるから勘違いしたんだろうな」

「なんだとお⁉　おいおい、あのまま帰してもいいのかよ！　やっちまおうぜ！」

ラッドが牙を剥き出しにして後方を睨みつける。

今にも走りだしそうな友人の肩を、俺は掴んで止めた。

「待て待て、密偵はあいつだけじゃないだろうから、捕まえたって無駄だよ。ところで、ラッド。お前は『花火』って見たことあるか？」

「はなび？」

唐突な話題転換に、ラッドが困惑した表情でこちらへ振り向く。

だが、ちらちらザップがいる方向を見るところから察するに、まだ飛び出したがっているようだ。

「ハナビ……って南の国の燃える石のことだよな？　俺はこの国から出たことがないんだから、あるわけないないないだろ！」

「そうか。俺は何度かあるんだよな……お前にも近いうちに見せてやるから、ここは抑えとけよ」

そう言って、俺はラッドに笑いかける。

ラッドは不思議そうな顔で、「ああ」と頷いた。

アカクマの死骸のところまで引き返すと、すでにサームがふもとの村人を連れてきており、熊の解体を始めていた。

肉を分けてやると村人はホクホク顔で家に招き、鍋にして振る舞ってくれた。

初めて食べるとれたての熊鍋に舌鼓を打ちつつ、俺はこれから起こるであろう帝国との戦いに思いを馳《は》せた。

幕間4　父の拳、母の剣

それから俺達三人は、マクスウェル辺境伯軍に先んじてブリテン要塞に入った。

俺の予想通り、すでに帝国の軍隊はこちらに向かっているらしく、要塞にも連絡が入っていた。

「さて、わざわざ国境に前乗りしたんだ。親父が来るまで、最前線の防備を見せてもらおうぜ！」

要塞を預かっている将官の話では、マクスウェル辺境伯家の領軍の到着には二週間ほどかかるとのことである。それまで俺達は要塞の兵士と一緒に訓練をしたり、防衛設備を見学させてもらったりした。

そして——十日後。

予定よりも数日早く、マクスウェル辺境伯軍が到着した。

「この馬鹿者があああああっ‼」

「ぐおおっ⁉」

親父——ディートリッヒ・マクスウェルはブリテン要塞に入るやいなや、俺の頭に拳をお見舞いした。

辺境伯となった今では前線に立つことは少なくなったが、親父はかつて王都の武術大会で十年連続優勝した、卓越した剣の腕前の持ち主である。剣鬼《けんき》とまで呼ばれた男の一撃は、頭が割れそうなほど重かった。

「まったくお前達は……この悪ガキどもめ……」

「うう……」

「申し訳ありません……」

ラッドとサームも、俺と一緒に二時間にわたる説教地獄を味わったのだった。

ちなみに親父は俺達に説教をするために先行して要塞に入ったらしく、後続して領軍の本隊が到着するとのことだ。いったい、どれだけ俺に説教をしたかったんだろうか。

「まったく、こんな時期に度胸試しとは頼もしいやら、先が思いやられるやら……」

二時間にわたる説教のあと、ようやく親父の怒りも収まってきた。

俺は唇を尖らせて反論する。

「可愛い子には旅をさせろと言うじゃないか、自分で自分に試練を与えてみただけだよ」

「……それは子供の側が言う言葉ではないぞ。まったく、誰に似たのやら」

親父は呆れたように頭をガリガリと掻き、深々と溜息をついた。

「ラッドとサームはもう出ていっていいぞ。ディン、お前はまだだ」

「うっす！　失礼しました！」

「はい！　失礼します！」

「ちょ、なんで俺だけ……あ、お前ら！」

薄情なことに、友人二人は許可が出た途端に俺を見捨てて部屋から出ていってしまった。

恨めしい気持ちで二人が消えていったドアを睨みつけていると、親父が苦笑する。

「安心しろ。説教するために残したわけではない。お前に渡しておくものがあってな」

「なんだよ。小遣いでもくれるのか？」

「金が欲しいならもっといい子にしていろ。実はお前にグレイスから……」

『グレイス』――その名前が出た途端、俺は即座にその場からの離脱を図《はか》る。ドアのほうには家令が立っているため、俺は窓に走り寄って窓枠に足をかけた。

「こらこらこらこら！　逃げようとするんじゃないっ⁉」

親父は飛び降りようとする俺の襟首を掴んで、部屋の中に引き戻した。なお、ここは二階である。

「親父が不吉な名前を出すからだろ！　初陣の前に縁起が悪いんだよ！」

「お前！　母親をなんだと思ってるんだ⁉」

そう、グレイスというのは俺の母親の名前だ。

世の中の一般的な母親というものがどういう存在かは知らないが、俺にとっては聞いただけで震え上がる、恐怖の対象でしかない。

初陣を控えた大事な時期にそんな奴の名前を出すなんて、親父の正気を疑ってしまう。

「随分とひどいことを考えている顔だな……グレイスは優しくて子供思いな母さんじゃないか」

「脳に蛆《うじ》でも湧いてるのか？　頭の医者を呼ぶぞ」

呆れたような親父の言葉に、俺は暴言を返す。

いつも思うが、親父は母親への評価が甘すぎる。あの狂母《きょうぼ》に対して、いったいどんな理想を見ているのだろうか？

「まったく、グレイスはお前の初陣のために、祝いのプレゼントまで用意してくれたんだぞ！　お前は少し、母親への態度を改めろ！」

「ああ⁉　あのオフクロがプレゼントだあ⁉」

あの母親からの贈り物なんて不吉すぎる。

再度、逃走しようとしたが、親父の手に握られている「プレゼント」を見て、俺は足を止めた。

「それは……剣だよな？」

「ああ、グレイスがお前のためにと贈ってくれたんだよ」

「……ちなみに、持ち手の部分に毒針とか仕込まれてないよな？　抜いた瞬間に爆発するとか？」

「……お前は自分の母親を何だと思っているんだ？」

頭のイカれた狂母だよ、とは言い返さずに、俺は剣を受け取った。

鞘から抜いて光にかざしてみると、鋼《はがね》の刃が露わになる。

柄や鞘はややくたびれているが剣自体はしっかりとした造りをしており、いかにも切れ味がよさそうである。

「新品じゃないな……意匠も古いし、骨董品《こっとうひん》か？」

「ひょっとしたら魔具じゃないか？」

「魔具？」

確かに、この剣はかなり古く見えるし、古代文明の遺産と言われればそんな気がしてくる。

しかし――

「……で、この剣が魔具だとして、どうやって使ったらいいんだ？」

問題は剣の使い方がまるでわからないということ。なんの説明もなしに渡されて、どうしろというのだろうか？

「まあ待て。グレイスは手紙を付けてくれているぞ。これに使用方法が書かれているに違いない」

「ふーん……」

親父から便箋を受け取り、封を切る。手紙を広げてみると、非常に簡素な文面が書かれていた。

「息子の初陣に贈り物をするとは、やはりグレイスは優しい母親じゃないか。お前も反抗期なのはわかるが、もう少し母親への敬意を……」

「親父、ほれ」

「む？」

「読んでみな。手紙」

俺が母親からの手紙を渡すと、親父は不思議そうに受け取って手紙に視線を落とす。

親父が今読んでいる手紙には、こう書かれていた。

『息子へ
敵は殺せ。女は犯せ。財は奪え。一人も生きて返すな。

グレイス・D・O・マクスウェル』

「…………」

「母親への敬意が、なんだって？」

「……グレイスもおちゃめさんだな。照れ隠しでこんな文面を書いて」

「おちゃめで済ますな！　自分の妻の現実を見ろ！」

俺は親父を怒鳴りつけ、扉を蹴り開けて部屋をあとにした。

幕間5　帝国の双翼《そうよく》

バアル帝国第一皇子、ラーズ・バアル。

彼が率いる帝国第一軍団には、「双翼」と称される二人の名将がいる。

「さて、あと三日もすればブリテン要塞か」

周囲を見渡すことができる丘の上に立ち、行軍する兵士達を見下ろしているのは「双翼」の右、猛将ベイオーク・ザガン。

先帝の頃より帝国に仕える古参の将である男は、すでに齢《よわい》六十を超えている。髪は白く、巌《いわお》のような顔つきにも皺が目立っていた。

しかし、肉体はまるで衰えを感じさせず、二メートル近い長身は鋼のような筋肉に包まれている。

「そうですね。おそらく今回は野戦になるでしょうから、到着したらすぐに戦闘になるでしょう」

ザガンの言葉に応えたのは、傍《かたわ》らに立つ細身の男性。

「双翼」の左、知将アイス・ハルファス。年齢はザガンよりもかなり若く、三十を過ぎたばかりである。その若さでありながら神算鬼謀《しんさんきぼう》によって第一軍団の頂点に君臨する男は、ランペルージ王国がある西の方角を冷たい瞳で睨みつけている。

「ほう、マクスウェルは籠城《ろうじょう》はせぬか」

試すようなザガンの言葉に、ハルファスは頷いた。

「ええ、ディートリッヒ・マクスウェルは野戦名人として知られていますし、援軍のあてもないのに籠城する意味もありませんから。もう少しこちらの軍勢が多ければブリテン要塞にこもってしまったかもしれませんが、見ての通りですからね」

今回、ランペルージ王国の遠征に向かう帝国軍の規模は、歩兵六千と騎兵千。第一軍団の総数の半分ほどである。

「マクスウェルの兵数は寄子の貴族を合わせて五千ほど。野戦は数が多いほうが有利とはいえ、この程度の兵数差では完全に優位に立てたとは言えませんね。せめてもう少し動員できればよかったのですが……」

「仕方があるまい。我らの敵はマクスウェルだけではないのだ」

無念そうに言うハルファスの声に、ザガンは肩をすくめて答えた。

帝国の侵攻を五十年にわたって防ぎ続けているマクスウェル辺境伯家。彼らは確かに勇猛果敢な戦士の集まりであるが、それでも第一軍団の総力をもって攻め込めば数の力で勝利することができるだろう。

しかし、ランペルージ王国北方辺境伯であるウトガルド家。南洋の海を支配して沿岸の港を脅かす海賊。それら二つの敵が第一軍団の最大動員を許してくれなかった。

帝国第一軍団は彼らの攻撃に備えて各地に兵を配備しておかなければならず、今回の遠征にも十分な兵力を動員することができなかったのだ。

「本来であればもっと時間をかけて準備するところですが……」

「ああ、皇帝があんな宣言を出さなければな……」

「双翼」の二人は、顔を見合わせて苦々しい表情を浮かべる。

不十分な準備でランペルージ王国遠征に乗り出したのは、皇帝が出した宣言が原因である。

『我が息子達の中から、もっとも早く敵国を滅ぼした者を次期皇帝とする』

そんな継承戦の宣言を受けて混乱したのは、敵よりも味方のほうであった。

確かに帝国は軍事国家で強者が皇帝となることをよしとしているが、こんな風にあからさまに皇子同士の対立をもたらすのは、国を割ってくれというようなものである。

ザガンも他の腹心も考えを改めてほしいと皇帝に上奏《じょうそう》したが、受け入れられることはなかった。

（継承戦が長引けば、どんどん帝国の国力が低下してしまう。皇帝陛下が健在なうちはまだよいが、病が進行していけばそうもいくまい……）

ザガンはそう考えたあと、改めてハルファスに決意を述べる。

「今回の戦、何がなんでも勝たねばならん。我らの手でラーズ殿下を皇帝にするぞ」

「ええ、殿下はまだ若くて思慮の浅いところはありますが、他の二人に比べればマシですからね」

「……おい、さすがに不敬だぞ」

さらりと皇族批判をするハルファスに口元を引き攣らせながらも、ザガンは内心で同意した。

第一皇子であるラーズ・バアルはまだ二十歳と若く、後先考えずに行動するところがあった。しかし、その気性はまっすぐであり、武勇にも優れている。

自分達が支えれば、軍事国家の王として十分にやっていけるだろう。

対して第二皇子であるグリード・バアルは知略こそ優れているが、他人の気持ちをまるで配慮せず、立場が下の人間を最初から見下してかかっているところがある。

嘘か誠か幼女愛好の趣味もあるようで、とてもではないが心からの忠誠は誓えない。

最後の候補者である第三皇子のスロウス・バアルにいたっては、そもそも皇帝になる気がない。与えられた領地にこもっていて、敵国と戦うこともせずに酒と女に溺れた生活をしていた。

「もう一度言う。今回の戦、何がなんでも勝たねばならん。ラーズ殿下のためにも、この帝国の未来のためにも」

「ええ、そのためにもよろしくお願いしますよ。ベイオーク将軍」

「うむ。任せておけ！」

確実な勝利を掴むために、「双翼」の二人は一つの策を立てていた。

ラーズ皇子とハルファスが率いる本隊はこのままブリテン要塞まで進軍して、要塞近くの平野にてマクスウェル辺境伯軍と衝突する。万が一、辺境伯軍が要塞に籠城してしまった場合には、ハルファスが領内の村や町を荒らして外におびき寄せる。

ここでザガンが五百の少数精鋭を率いて山道を通り、辺境伯軍の後方へと回り込んで挟み撃ちにする。たった五百の少数とはいえ、最強の将が率いる精鋭部隊に背後をとられるのだ。敵軍が動揺しないわけがない。辺境伯軍が崩壊して帝国軍が勝利を掴むことは確実である。

「気づかれることなく素早い行軍で敵の背後をとれるのも、五百の兵を指揮して精強なマクスウェルの兵士を相手できるのも、ベイオーク将軍ただ一人でしょう。危険な役目をお任せして心苦しいのですが……」

「構わんさ。これが我らの知将が出した最高の策であるならば、身命を賭《と》して成《な》し遂《と》げるのみ。殿下にはご理解いただけなかったがな」

この策を提案したときのラーズ皇子の反応を思い出して、二人は溜息をついた。

『我らは強国、帝国の兵だ！　軟弱な策など不要である！　小細工をして勝利を得て、いったい誰が私を皇帝と認めてくれるのだ!?　そんなことに最強の将軍を使うなんて馬鹿げている！』

曲がったことを嫌う性格の皇子を説得するのには、「双翼」の二人も随分と苦労させられたものである。特に練りに練った策を真っ向から否定されて罵倒《ばとう》の言葉をぶつけられたハルファスは、怒りをこらえるのに必死になっていた。

「なに、殿下もいずれはお前の価値に気づくだろうさ。身綺麗なだけでは皇帝は務まらん。お前のような奴こそ、殿下には必要なのだ」

「……構いませんよ。それよりも、くれぐれも注意してください。マクスウェル辺境伯は殿下と同じくまっすぐな性格の人物ですから、こちらの策には気がつかないでしょう。しかし、我々の知らない有望な若手が育っている可能性もゼロではありませんから」

「そうであるならばこの槍で打ち破るまでよ！　そちらも、殿下の守役《もりやく》をよろしく頼むぞ！」

「ええ、この命に代えても」

二人は互いの拳をぶつけて無事を祈り合い、それぞれの役割を果たすために別れる。

それが信頼する戦友との最後の会話になると気がつかないままに――

幕間6　宴の準備

「後方待機。お供は三十人、ラッドとサームを含める。前線に来ることは厳禁。あとはそちらの判断に任せる……か」

「はい。くれぐれも無茶はしないように、とのことです」

「どんだけ信用されてないんだよ！　まったく、堅物親父め！」

俺は親父の指示を伝令の兵士から聞いて、うんざりと天を仰いだ。

明日には帝国が要塞のそばまで到着するとのことで、親父は領軍を率いて討って出るようだった。

初陣の俺達は後方待機。実質的な戦闘はないものと見ていい。

「随分と甘い指示だな。初陣で敵の一人でも討ち取らせておいたほうが、次期辺境伯として舐められないためには重要だと思うんだが」

「ご当主様は若様のことを心配しておられるのですよ。どうかご自愛なさってください」

俺が唇を尖らせて言うと、指示を伝えに来た兵士は労わるようにそう言ってくれた。

「戦場は平野。兵数はこちらが五千、あちらが六千と少し。勝てない戦じゃないが……どうかね」

「ご心配には及びませんよ。同じような条件で何度も帝国とは戦っていますが、こちらが負けたことは一度もありませんから。マクスウェル家の力を信じてください」

「もちろん、それは疑ったことはないさ。だけど、同じ条件で負け続けている帝国が、なんでまた同じことをしてくるんだろうな」

「それは……しょせんは戦のことしか考えていない蛮人どもですから」

「ふん、そんなものかね？」

噂で聞く以上の情報は俺も持っていないが、帝国第一軍団の中でも、ザガンとハルファスという二人の将はかなりのやり手だと聞いている。

(今回の戦争は向こうにとって、次期皇帝の座をかけた重要な戦いのはず。負けるわけにはいかない戦で、成算のない作戦を「双翼」なんて呼ばれてる将が立てるものかな)

そうとなれば、何か秘策があるに違いない。

俺は先日、山で出会った怪しげな男のことを思いだした。

「乾坤一擲《けんこんいってき》の伏兵、か。たまには山登りもするもんだな」

「何かおっしゃいましたか？」

「いーや、なんでもない。ところで、俺が頼んでおいた荷物は届いているか？」

質問をはぐらかして、逆に俺は聞き返した。

「あ、はい。辺境伯家からディンギル様へ、馬車で荷物が届いております。場所は……」

荷物の場所を聞いて、俺は鷹揚《おうよう》に頷いた。

「わかった、ありがとうよ。もう行っていいぞ。お疲れさん」

「はあ……」

兵士は首を傾げながらも、指示通りに下がっていく。

俺は兵士から聞き出した場所に移動して、荷物を確認した。

「よしよし、全部ちゃんと届いているな」

馬車の中には大きな木箱が五箱入っている。箱の表には、「火気厳禁」と張り紙がされていた。

「おーい、若殿。何やってんだ？」

「んー？　ラッドか」

後ろから声をかけてきたのはラッドである。横にはサームの姿もある。

サームはこちらに話しかけてくる。

「明日は一緒に行動らしいですね。どうします？　要塞で待機しますか？　それとも、後方から戦場を見学に行きますか？」

「前線に行っちまおうぜ！　黙ってればバレねえよ！」

「……私がバラしますよ。これ以上辺境伯様に失望されたら、実家の評価にも関わりますので」

「裏切るのかよ！　友達じゃねえか！」

ぎゃーぎゃー、と言い合いを始めるラッドとサーム。それを横目に、俺は木箱を開けて中身を取り出した。

緩衝材《かんしょうざい》として入れておいた藁《わら》に包まれているのは、片手で持てるくらいの大きさの陶器《とうき》の壺《つぼ》である。木の蓋で密閉された上部には、小さく縄の紐がはみ出している。

「って、なんだそりゃ？」

俺の肩越しに荷物を覗き込んで、ラッドが首を傾げた。

俺は取り出した壺を片手で持ち上げて、にやりと笑う。

「万が一の事態に備えて準備しておいたんだよ。若い頃の苦労ってのはやっぱり大事だよな。あのクソババアに教わったことが役立つ日が来るとは思わなかった」

「ああ？　なんの話だよ」

「はあ、なんの話でしょう？」

ラッドとサームが並んで首を傾げた。よく喧嘩するわりに、この二人は妙に息が合っている。

「明日の用事が決まったな。山登りをして、みんなで花火をして遊ぼうじゃないか」

「お、おお……」

「は、はい、承知しました」

「ん？　なんだよ二人共、変な顔をして」

俺が牙を剥いて二人に笑いかけると、二人はなぜか揃って顔を引き攣らせた。

あとから聞いた話であるが、このときの俺の笑顔は、獲物を前にしたドラゴンのように恐ろしいものだったらしい。

幕間7　宴の始まりは花火を上げて

ベイオーク・ザガンが率いる帝国第一軍団の兵士達が、山道を進んでいく。草を踏み、木々を掻き分け、五百人の武装した人間達が山を越えていく。

事前にアイス・ハルファスの放った密偵が、この山のあらゆる道について調べ上げていた。

奇襲を成功させるにはどうしても人目を避ける必要があるため、地元の人間もあまり使うことがない遠回りの道を選んでいた。険しい道を進む兵士達の顔には、色濃い疲労の色が浮かんでいる。

それでも兵士達の士気が衰えないのは、彼らを率いる将が帝国の誇る英雄だからであろう。

そして――丸一日の登山の末に、彼らはようやく目的の場所へと到達した。

「よし、ここで最後の休憩をとる。峠《とうげ》を越えればすぐに戦場だ！　帝国の勝利は我らにかかっている！　おのおの、覚悟を決めておけ！」

『はっ!!』

休憩の場所に選んだのは、ブリテン要塞から峠を一つ挟んだ場所にある谷底である。

周囲を崖に囲まれているため人目に付く心配がなく、沢《さわ》の水を飲んで水分を補給することもできる。事前に密偵が調べ当てた絶妙な場所であった。

「ふう……山登りは老体にこたえるな」

大きな石に腰掛けて、ザガンが息をついた。壮健《そうけん》に見える老将はすでに六十を超えており、日々、体力の衰えを感じていた。

「いい加減、隠居してゆっくりと暮らしたいものだな。王国を滅ぼすまでの辛抱か」

この戦争でマクスウェル辺境伯家を倒すことができれば、王国の滅亡は目前となる。

ろくに実戦経験のない中央の騎士団に帝国の侵攻を止める力はない。他の辺境伯達は自分達の担当する国境の守護で手いっぱいで、こちらの相手をする余力などないだろう。

ザガンが帝国騎士団に入団して四十年。ようやく長きにわたる戦いが終わるときがきたと思うと、ついつい皺の入った顔が緩んでしまう。

目前に迫る勝利に浮かれているのは、部下の兵士達も同じだった。慣れない山道で疲労して座り込んでいる彼らの表情は、期待に輝いている。

「ふっ、弛《たる》んでおるな。年をとると気が緩んでしまっていかん。出発の前に、皆の気を引き締めておかなければ……」

ゴトッ。

「むっ？」

兵士達を一喝しようと立ち上がったザガンの足元に、黒い物体が転がってきた。

それは片手で持てるくらいの大きさの陶器製の壺で、紐のようなものが伸びている。

紐には火がついており……

「総員、伏せろおおおおっ‼」

その物体の正体に気がついたザガンが大声で叫ぶ。

同時に、壺が轟音《ごうおん》とともに爆発した。

爆音は一度では終わらず、渓流のあちこちでたて続けに鳴り響いていく。

怒声と悲鳴は爆音にかき消され、帝国第一軍団の兵士達の姿は黒い煙の中に消えていった。

○　○　○

「すげえな！　これが花火か！」

崖下で次々と起こる爆発を見て、ラッドが歓声を上げた。

生まれて初めて見る火薬の威力に興奮しながら、次の炮烙玉《ほうろくだま》に火をつけて投げ落とす。

俺はラッドとサーム、お供の兵士三十人を連れ、ブリテン要塞の裏手にある山へ登ってきていた。

予想通りの場所に帝国の伏兵を発見した俺達は、休憩している彼らを見下ろす位置に陣取り、事前に取り寄せて置いた炮烙玉、つまり爆弾を使って攻撃をしているのだ。

「いえ、これは花火ではないと思うのですが……若殿、どこからこんなものを調達したのですか？」

サームの反応はラッドとは対照的で、爆音が鳴り響くたびにビクリビクリと身体を震わせている。

それでも手を休めることなく炮烙玉を投げているあたり、この男の気真面目さが窺える。

火薬や爆弾は、南洋諸国という海の向こうの国々で使用されている兵器である。王国でも帝国でもあまり使用されておらず、製法を知る者もほとんどいない。南洋の海賊達は火薬を使って敵船を襲撃しているようだ。

その威力は見ての通り絶大。

「若い頃の苦労は、やっぱり大事だよな。うちのオフクロはこういう玩具が大好きなんだよ」

そのせいで、ガキの頃にはよく作らされたものである。

おかげで製法を覚えており、ちょこちょこ作って溜めておくことができたのだが。

「はあ？　お母様ですか？」

「ほれほれ、手を休めるな。ジャンジャン行け。手の空いてるものは矢を射れ！」

「わかりました！」

黒煙《こくえん》でろくに見えなくなった崖下に向け、マクスウェル家の兵士達が矢を浴びせる。

狙いも何もあったものではないが、まだ生きている帝国兵にはたまったものではないだろう。

「しかし、よく帝国の伏兵がここを通るとわかりましたね。この山は広いですよ？」

「連中は密偵を使ってこの山を調べていたみたいだからな。人目に付かずに辺境伯軍の後方をつくことができるルートを考えた場合、この場所で一度休憩をとるのが最善だ」

この策を立てたのは、おそらく「双翼」の知将アイス・ハルファスだろう。

頭の悪い奴が何を考えているかは予想しにくいが、頭のいい奴は筋道を立てて合理的に物事を考えるため、思考を先読みするのはそう難しくない。

「お見事です、若殿。感服しました」

「あまり褒めるなよ、サーム。調子に乗っちまうじゃないか。さて、さすがにここから立て直して辺境伯軍を攻めるのは不可能だろう。これくらいで俺達も引くとしよう……ん？」

「おおおおおおおおおおっ‼」

爆音を打ち消すような怒声が鳴り響き、黒煙の中から巨大な影が飛び出してきた。

熊のように巨大な影は、ほとんど垂直に近い崖を猛然と駆け上がってくる。

「……おいおい、嘘だろ？」

「貴様らあああああああっ‼」

瞬く間に崖の頂上までたどり着いたのは、帝国の将兵だった。そいつはそのまま上空に跳ね上がり、手に持った槍を振り下ろす。

ズガアアアアアアアッ‼

「ぐうっ⁉」

「うわあああああああっ⁉」

ありえない重さの一撃が岩盤を破壊し、崖崩れが生じる。

マクスウェル家の兵士達が数人、崩落に巻き込まれて崖下へと転がり落ちた。

俺はなんとか踏みとどまって体勢を整えながら、恐るべき一撃を放った男を睨みつける。

「双翼」の一人、猛将ベイオーク・ザガン。

帝国最強の将が、俺達に槍を向けていた。

幕間8　古き英雄は槍を振るう

「ベイオーク・ザガン……なるほど、確かに英雄だな！」

自己紹介をしたわけではないし、もちろん面識があるわけでもない。しかし、これほどの武勇と覇気をもった男は帝国軍に二人といまい。

「お前がこの部隊の将か。若い……いや、幼いな」

ザガンが俺を見て言う。口調こそ静かであるが、その一言一言に背筋が凍りつくような殺気が込められている。

そこに立っているだけで大気を震わせるような威圧感は、まさに英雄の証に他ならない。

「才ある若者の命を奪うのは気が進まんが、まさかこれだけのことをしておいて、情けをかけてもらえるとは思っていないだろうな」

「情け、か。子供にはちょっとくらい手加減しても罰は当たらないと思うけどな」

「笑止！　こちらが最も疲労し、油断する瞬間を見計らっての襲撃！　我らがここにいると気づいた洞察力！　希少品の火薬を大量に用意する手回しのよさ！　これほどの才を持っている者を子供扱いなどできるものか！」

ザガンが手に持った槍を振るうと、空気がうねって木々が震えた。

ザガンが持つ槍の穂先には斧がついている。斬・打・突という三種の攻撃を放つことができる、ハルバートと呼ばれる武器だ。

「もはや我が部隊は崩壊した。これ以上の作戦遂行は不可能！　ならば、この失態と引き換えに貴様の命をいただこう！」

老将が地面にハルバートの石突を叩きつけ吠えた。

帝国最強の将から全力の殺意をぶつけられるとは、俺も初陣から大物になったものである。

「ジジイっ！　調子に乗ってんじゃねえ！」

崩落から逃れていたラッドが武器を構え、ザガンに向けて斬りかかる。

少年離れした怪力を持つラッドが振るう大剣は、重量だけならばザガンのハルバートにも負けてはいないはず。

「むんっ！」

「うおおっ⁉」

ザガンが目にもとまらぬ速さで振ったハルバートが、ラッドの剣とぶつかる。すると、ラッドは剣もろとも後方に勢いよく吹き飛ばされてしまった。

「ラッド……くっ⁉」

咄嗟《とっさ》にサームがラッドの身体を受け止めるが、勢いは止められない。

二人はまとめて林の奥に吹き飛ばされて姿が消えた。

「邪魔をするな、小僧ども！」

「……おいおい、なんだよその武器。軽くなったり重くなったり、いやらしい槍だな」

吹き飛ばされた友人達を横目に見ながら、俺は目を細めてつぶやいた。

崖を破壊し、二人の人間の身体を容易く跳ね飛ばすような威力は、どうやったって筋力だけで出せるわけがない。あの槍は間違いなく、百キロ以上の重さがあるはずだ。

しかし、いくら目の前の老人が筋骨隆々の肉体を持っているとしても、それほどの重さの槍を軽々と振り回すことなんてできるわけがない。

ましてや、それを抱えて崖を駆け上がるなんてもってのほかだ。

槍の重量が自在に変化でもしなければ、目の前で起こった現象に説明がつかなかった。

「ほう、この短時間に我が槍の性質を見抜いたか」

ザガンはわずかに目を見開きながら、隠すことなく誇らしげに口を開いた。

「我が槍【如意金剛《セイテンタイセイ》】の能力は重量操作。物体を羽のように軽くすることもできれば、巨岩の如く重くすることもできる。忠義への褒章《ほうしょう》に皇帝陛下より授かった魔具である！」

「なるほど……それで自分と槍を軽くして崖を登ったのか」

ザガンの言葉に、俺は背中に汗がにじむのを感じた。

さきほどラッドの身体を吹き飛ばしたのも、槍の能力を聞けば納得がいく。

ハルバートを軽くした状態で素早く振り回し、斧の部分が敵に当たる瞬間だけ百キロ以上の重量に変える。軽量化によって生まれた運動エネルギーに槍の重量が加わるのだから、大猪《だいちょ》が突進する以上の威力になるに違いない。

何よりも恐ろしいのは、目の前の老人が完全にこの魔具の力を使いこなしていることだ。

武器の性能に頼っているだけの素人であればいくらでも対処法は思いつくのだが、それを抜きにしても目の前の相手は達人すぎる。はっきり言って、ザガンが持つ武器が魔具ではなくただの槍だったとしても、俺の勝ち目はかなり薄かっただろう。

（やばいな……これは、やばい。調子に乗りすぎた！）

こんなことなら自分の部隊だけで来るんじゃなかった。親父に伏兵がいるかもしれないことを報告して、任せてしまえばよかった。

初陣で手柄をあげて親父を見返してやりたいとか、思うんじゃなかった！

「はあああああっ！」

「ぐっ！　やべっ……！」

ザガンがハルバートを振るい、突撃してくる。

ラッドとサームは林の奥に消えた。

他のお供は崖の崩落に巻き込まれて倒れ、すぐに戦線復帰はできない。

(完全に自分の力を過信した！　これは死ぬ！)

自分の浅はかさを後悔しつつ、絶望的な戦いに臨《のぞ》む。

恐るべき速さで迫ってくるハルバートに、俺は初陣の祝いとして受け取った鋼の剣を振るった。

幕間9　新しき英雄は剣を振るう

(大したものだな。まるで獅子、いや竜の仔《こ》の如き才能だ)

目の前の少年に【如意金剛《セイテンタイセイ》】を叩きつけながら、ザガンは心中で称賛した。

ハルバートを軽くして振り回し、重くして叩きつける。言葉にすれば単純明快だが、それはザガンにとって数多《あまた》の敵を斬り伏せてきた常勝不敗の技である。

しかし、一撃一撃が必殺であるはずの攻撃を、初陣を経験して間もないくらいの年齢の少年は見事にさばいていた。

真っ向からハルバート受け止めていれば、その攻撃の重さによって簡単に潰れてしまっただろう。

少年もそれは理解できているらしく、剣を使って衝撃を巧みに受け流している。

それどころか、一瞬の隙を見つけてはザガンに斬り込もうとしてくることさえあった。

この小さな身体にどれだけの胆力《たんりょく》を備えているのか、生と死の境界とも呼べる場所で臆することなく格上の敵に立ち向かってきていた。

（あと十年、あるいは五年もすれば私を超える武勇を身につけていたかもしれない。今回の襲撃も驚くほどの手際であったし、知略はすでにハルファスに匹敵している。ここで摘むにはあまりにも惜しい才能だ）

だからこそ、この場で確実に殺さなければならない。

この少年を生かしておけば確実に帝国を滅ぼす脅威になると、ザガンは確信していた。

「おおおおおおっ‼」

ザガンはさらに攻勢を強める。

帝国の未来を守るために。帝国を滅ぼすかもしれない脅威を消し去るために、全身全霊の武を叩きつけた。

○　○　○

「おおおおおおっ‼」

（やばいっ！　やばいやばいやばいやばいっ‼）

「ああああああああああっ！」

さらに激しさを増すハルバートの連撃を受け流しながら、俺は絶叫した。

一撃でもまともに喰らってしまえば、絶命することは確実だろう。

そんな攻撃を避けて、受けては流し、綱渡りのような危うい防戦を繰り返す。

（一発、せめて一発だけでも受け止めることができれば……！）

ザガンは紛れもない歴戦の戦士である。その攻撃にはまるで隙がなく、反撃する余地はまったくと言っていいほどなかった。

それでも一撃でいいからハルバートの攻撃を受け止め、弾《はじ》き返すことができれば、その隙をついて一太刀浴びせることができるかもしれない。

（無理だ！　絶対に無理！　確実に潰される！）

しかし、それはあまりにも無謀な考えであった。

軽さと重さを使い分けたハルバートの一撃は、巨石を砕くような威力である。こんな細い剣一本で受けきれるわけがない。

（何か……他に方法が……！）

『本当にそうか？』

（ん？）

『本当に受け止められないのか？　試してみたのか？』

（なんだと？　誰だテメエは！）

生き残るために必死に頭を回転させる俺であったが、その思考にふと割り込む声がある。

別に第三者の声が聞こえたわけではない。神の啓示を受けたというわけでもない。あるいはその声は、自分自身の声のようにも聞こえる。

『試してみればいい。ひょっとしたら受け止められるかもしれないぞ？』

（いや、絶対無理だろ！　押し潰されて圧死するわ！）

『このまま後手に回っていても、最後は死ぬだろう？　一か八か、賭けてみればいいじゃないか』

（それは……いや、まさか……！）

頭に響く声の提案にはまるで根拠がなく、悪魔の囁《ささや》きのようである。

しかし不思議と無視する気にはなれず、試してみたい衝動に襲われてしまう。

「おおおおおおっ‼」

「くっ……！　このおっ……！」

勢いを増すザガンの攻撃に、俺は表情を歪《ゆが》めた。

先に限界が来るのは間違いなくこちらだ。首元に死神の鎌が突きつけられているのをヒシヒシと感じる。

『ここで死んだらしょせんはそれまで。その程度の器ということだ』

『だがそうでないのならば』

『ディンギル・マクスウェル――お前は……俺は英雄になれる』

『あるいは、それを喰らう邪竜に――！』

「はああああああっ！」

俺は決死の覚悟を決めて、内なる声に従って重すぎる一撃を受け止めた。

「なっ⁉」

ザガンの表情が驚愕に染まる。

ありえない――皺の刻まれた顔には、はっきりとそう描かれていた。

「重、てえっ……！」

片手で剣を握り、もう一方の手を剣身に添えてザガンのハルバートを受け止める。

屈強な腕から放たれた攻撃はあまりにも重く、両手がビリビリと痺れてしまう。

しかし――それでも剣は折れていない。骨も潰れていない。

「重量操作が消えただと⁉　くっ……！」

「逃がすかよっ！」

ザガンが怯んだのはほんの一瞬。その一瞬の隙に、俺はザガンの懐に踏み込んだ。

「はああああああっ！」

「ぬううっ‼」

斬られる――それを確信したザガンは、己の切り札を発動させた。

【如意金剛《セイテンタイセイ》】のもう一つの使い方。敵の武器の重さを軽くすることにより、威力を軽減する。

どんな攻撃であっても、質量を無にしてしまえば、その威力もまた消え失せる。

「打ち破るぞ！　【無敵鋼鉄《ジークフリート》】‼」

「がっ……馬鹿なっ⁉」

俺の斬撃がザガンへと届いた。

【如意金剛《セイテンタイセイ》】による魔法の効果を無効化し、重厚な鎧を破壊して、屈強な肉体を深々と斬り裂く。

「終わりだ！　ベイオーク・ザガン！」

「くっ……させるものかあっ！」

返す剣でさらにとどめの斬撃を放つ。

しかし、ザガンは怪鳥の如く後方へ飛んだ。

重力を無視して舞い上がったザガンは、俺の間合いから離れてそれ以上の追撃を許してくれない。

「く、は、はあ……その剣、魔具であったか！」

「そうらしい。俺もついさっき知ったばっかりだけどな！」

母親から贈られたこの剣には、どうやら魔具の力──魔法を打ち消す能力があるようだ。

理由はわからないが、今はこの剣の使い方も【無敵鋼鉄《ジークフリート》】という名前もはっきりとわかった。

「なるほど、魔具から教わったか……ますます、お前を生かして帰すわけにはいかなくなった！

この命と引き換えにしてでも、確実にここで殺す！」

「そうかい、帝国の英雄にそこまで言われるとは光栄だな！」

ザガンが負った傷は軽くはない。今も斬り裂かれた鎧の隙間からダラダラと血が流れ続けている。一方の俺は無傷であるが、全身から汗が噴き出し、体力の限界が近いことが自分でもわかる。条件は同じ。どちらが勝つかはわからない。

「だけど……悪いな」

「何？」

「悲しいことに、これって戦争なんだよな。卑怯とは言ってくれるなよ？」

「若殿を助けろ！　射てええ！」

「なっ⁉」

ザガンの真上から矢の雨が降り注ぐ。

いつの間にか戻ってきたサームが、散り散りになっていたマクスウェル家の兵士達をまとめあげて援護射撃を撃ってきたのだ。

「ぐおおおおおおおおっ！」

ザガンはハルバートを振り回して矢を叩き落とす。それでも、何本かの矢が身体に突き刺さった。

その隙に、俺は再びザガンの懐へと斬り込んだ。

「はあああああっ！」

「おおおおおおっ！」

俺の攻撃に気がついたザガンが、ハルバートで斬撃を受け止める。両者の力が拮抗して、動きが停止する。

「ラッド！」

「ちぇすとおおおおお‼」

「があああああああっ⁉」

横から飛び出してきたラッドが、ハルバートを握るザガンの腕目がけて大剣を振り下ろす。

太い二本の腕が両断され、ハルバートもろとも地面に落ちた。

ザガンの足から力が抜けて、その場に跪《ひざまず》くように崩れ落ちる。

俺がとどめを刺すために剣を振り上げると――

「……名を」

「ん？」

「名を、聞いていなかったな……少年」

「ああ」

俺は頷き、敗北を悟った老将へと最後の情けをかけた。

「ディンギル・マクスウェル。マクスウェル家の放蕩息子だよ。あんたは確実に俺より強かった。俺の初陣の相手が英雄ザガンであったことを、心から誇りに思う」

「そうか……死に花を飾ってもらい、感謝する。マクスウェルの若き竜よ」

「いいってことよ……お疲れさん」

俺は剣を振り下ろした。

ザガンの首が胴体から離れ、真っ赤な血を撒き散らして山中に舞った。

幕間10 その頃の戦場

戦場で二つの軍隊がにらみ合っている。

一方は攻める側。大陸制覇を目指してランペルージ王国を侵略しようとする、バアル帝国第一軍団である。

もう一方は守る側。帝国の侵略を防ぐために集まった、マクスウェル辺境伯の率いる東方辺境の連合軍である。

マクスウェル辺境伯軍の陣地にて、東方辺境の盟主であるディートリッヒ・マクスウェルは焦りから表情を歪《ゆが》ませていた。

「おかしい、奴らはいったい何を企んでいる？」

戦端が開かれてから半日ほどが経過している。しかし、自軍も敵軍もほとんど被害は出ていない。

侵略しに来ているはずの帝国軍がなぜか守りに入り、一向に攻めてこないからだ。

だからといって数で劣るマクスウェル辺境伯軍のほうから攻め込むわけにもいかず、平原で両軍は睨み合いを続けることになった。

「罠を張って我々を誘っているのか？　いや、ここはマクスウェル家の領地。罠を作っていた様子はない。ならば、何かを待っているのか……？」

自分の知らないところで、何かとんでもないことが起こっているのかもしれない。そんな嫌な予感から、ディートリッヒは表情を険しくした。

「イフリータ、悪いが人を出して周辺を見て回ってくれ。何か嫌な予感がする」

「承知しました、大殿様」

ディートリッヒの指示に頷いて、イフリータ子爵が配下を連れて陣地から出ていく。

配下の貴族を見送りながら、ディートリッヒは不気味に待ち構えている敵軍を睨みつけた。

「何を考えているのだ帝国軍。貴様らの好きにはさせんぞ」

「大殿様！　大変でございます！」

「どうした!?」

偵察に出ていったはずのイフリータ子爵は、すぐに戻ってきた。

彼の表情には動揺が浮かんでおり、ディートリッヒは自分の予想が当たったことを確信する。

「帝国軍に動きがあったのだな!?」

「い、いえ、そうではなくて……」

しかし、イフリータ子爵の口から出てきたのは予想外の言葉であった。

「その、若殿……ディンギル様が……」

「はあ!?」

予想外に飛び出た息子の名前に、ディートリッヒは身体をのけぞらせた。


一方、焦っているのは帝国側も同じであった。

帝国の陣地に張られた天幕の中では、帝国第一皇子ラーズ・バアルが怒鳴り声を上げていた。

「どうしたというのだ！　いつになったらザガンはやってくるのだ！」

二十歳になったばかりの若き皇子は椅子に腰かけたまま、手にした杯《さかずき》を床に叩きつけた。

杯に入れられていた葡萄酒《ぶどうしゅ》がこぼれて跪く部下にかかったが、構わず声を荒らげる。

「だから私は反対だったのだ！　小賢《こざか》しい策など使わずに真っ向から攻めておけば！　余計なことをしたせいで、我らは最強の将がいない状態でマクスウェルと戦わなければいけないのだぞ!?」

「……申し訳ございません」

皇子の前に膝をついた「双翼」の左、アイス・ハルファスは、言い訳をすることなく頭を下げた。

(何かあったのですか、ベイオーク将軍……どうかご無事で)

焦りを感じているのはハルファスも同じである。

約束の時刻を過ぎても一向に現れることがない戦友を案じて、いつもは表情を変えることがないクールな相貌《そうぼう》に焦燥が浮かんでいる。

ラーズ皇子は金色の髪を振り乱して、憤然と立ち上がった。

「こうなった以上、我らだけでマクスウェルを攻め滅ぼすしかない！　全軍、突撃の用意をせよ！」

「お、お待ちください！　それは危険です！」

ハルファスが慌てて皇子を止める。

数こそ帝国軍のほうが多いが、兵士一人一人の質はマクスウェル辺境伯軍が明らかに上である。

まともにぶつかり合うなどただの博打《ばくち》でしかない。

「黙れ！　誰のせいでこんなことになったと思っているのだ！」

「うっ！」

追いすがるハルファスをラーズが殴りつけた。細身の知将は天幕にぶつかり、布を破りながら地面へと倒れる。

「このまま立ち往生していてなんになる!?　今にもマクスウェルのほうから攻めてこないとも限らないのだぞ！　後手に回るよりも先手を取ったほうが優位になるに決まっている！」

「し、しかし……もう少し、もう少しだけベイオーク将軍をお待ちください」

屈辱に表情を歪《ゆが》めながらも皇子を止めようとするハルファス。

「くどい！」

忠臣の言葉を無視して、ラーズは天幕から出ていってしまった。

そんな若き皇子に、帝国の兵士の一人が走り寄ってくる。

「殿下！　辺境伯軍の兵士らしき男がこちらへ向かってきます！」

「くっ、やはり来たか！　数は何人だ!?」

「そ、それが……」

兵士は言いよどみながらも、主君の質問にはっきりと答えた。

「その……たったの三人です」

幕間11　竜は天へと放たれる

「これが戦場か。壮観だな」

右に帝国軍、左に辺境伯軍。

睨み合いを続ける両軍のちょうど真ん中を、馬に乗って悠然と進んでいく。

俺の手には布が巻かれた槍が握られている。愛剣となった【無敵鋼鉄《ジークフリート》】は腰の鞘に収めていた。

「ははは、こりゃすげえな！　どっちも大軍じゃないか」

「数千の兵士というのは、何もせず立っているだけでも圧力がありますね。やれやれ、また大殿に叱られてしまいます……」

左右にはお供としてラッドとサームの二人を引き連れている。二人は左右の大軍に興奮して慄《おのの》きながらも、逃げることなく俺の後ろに続いていた。

「さあ、始めようか。辺境伯軍の勝利のために！」

ちょうど戦場の真ん中に立ち、俺は左右の両軍へ向けて声を張り上げた。

「聞け！　辺境伯軍の勇敢な戦士、および帝国軍の卑劣な野蛮人ども！」

馬に乗ったまま、ドン、と手にした槍で地面を叩く。

二つの軍隊は突然、現れた俺達にどう対処してよいのかわからず、こちらの声に聞き入っている。

「山を迂回《うかい》して辺境伯軍を奇襲しようとする帝国軍の卑劣な企みは潰《つい》えた！　帝国の英雄であるべイオーク・ザガンは我が剣の前に倒れたぞ！」

俺の言葉に二つの軍がざわめきだす。特に帝国軍からは、自国の英雄の敗北を告げられて怒りと疑問の声が上がる。

「私の言葉は偽りではない！　見よ、この槍がその証拠である！」

俺は布をほどいて槍を天にかざす。それはザガンが持っていた【如意金剛《セイテンタイセイ》】のハルバートである。

さらに、槍の穂先に括りつけてある布に巻かれた『それ』を見て、帝国軍から悲鳴が上がる。

「しょ、将軍！」

「ザガン将軍が!?　そんなっ……！」

「嘘だっ……！　ザガン将軍の首が……！」

そう、帝国の英雄であるベイオーク・ザガンの首である。

自国の英雄の変わり果てた姿に、帝国軍から絶望の悲鳴が上がった。

「おお、本当だ！」

「初陣でベイオーク・ザガンを打ち倒すとは！」

「ディンギル様、万歳！　マクスウェル、万歳！」

一方で辺境伯軍からは俺の雄姿と勝利を讃《たた》える声が上がる。

俺は歓声を上げる友軍に向けザガンの首を掲げた。

「さあ、辺境伯軍の勇者よ！　卑劣な侵略者を討ち滅ぼせ！　我らが正義を示すときは今である！」

『おおおおおおおおおおっ‼』

辺境伯軍から鬨《とき》の怒号が響く。兵士達は次々と陣を飛び出して帝国軍へと押し寄せていった。

○　○　○

「これは……ダメだ……」

一方、帝国軍の陣地では、大勢の兵士達が絶望の声を上げて地面にひれ伏していた。

英雄の死を嘆いて涙を流している者もおり、とてもではないが突撃してくる辺境伯軍と戦えるような状態ではなかった。

「くっ、何をしている！　お前達、マクスウェルを迎え撃て！」

ラーズが声を張り上げるが、その命令に従う者はわずかであった。帝国兵の多くは絶望で動かず、あるいは逃げだしている。戦意を持ち続けている者は一割もいないだろう。

「ダメだ、ダメですね。耐えられません」

アイス・ハルファスは戦友の死を嘆きながら、自軍の敗北を悟る。そして、自分が最後に何をなすべきなのかも。

「お前達！　直《ただ》ちに殿下を連れて撤退せよ！　戦う力が残っている者は我に続け！　殿下をお守りするぞ！」

「ハルファス！　お前っ……！」

「殿下。今回の敗戦の原因は、全て策を立てた私にあります。どうか最後に責任を取らせていただきたい」

「ま、待て！　離せ！」

「殿下！　どうかお許しを！」

帝国兵が数人がかりでラーズを引きずっていく。

ラーズが必死の形相で、ハルファスに向けて右手を伸ばした。

「許さんぞ！　ハルファス、この馬鹿者め！」

部下に連れられて撤退していく主君を見ながら、ハルファスはこの戦場を己の死に場所にする覚悟を決める。

「そちらへ参ります、ベイオーク将軍……行くぞ！　一兵たりともここを通すな！」

ハルファスは残っている兵士達をまとめ上げて、辺境伯軍を迎え撃った。

今回の戦争で、帝国第一軍団は「双翼」と呼ばれる二人の名将を失うことになった。同時に、ランペルージ王国に攻め込んだ兵士の半数近くが討ち取られ、あるいは捕虜となってしまった。

これによりラーズ第一皇子は大きく力を失い、継承戦において他の皇子達の風下に立つことになったのであった。

○　○　○

「よお、親父。褒め称えてくれてもいいぞ」

「……………」

帝国軍の壊滅を見届けてから、俺は親父がいる辺境伯軍の陣地に入っていた。

すれ違う辺境伯軍の兵士達は口々に賞賛の声をかけてきており、我ながら鼻が高くなってしまう。

「そうだな……ディン、よくやった」

「おう、もっと褒めてていいんだぜ？」

「ああ…………久しぶりに、頭を撫でてやろう！」

「ぐふっ⁉」

俺の頭に拳骨《げんこつ》が落とされた。

数日前に喰らった拳骨を超える威力に、俺はべちゃりと地面に崩れ落ちる。

「この、馬鹿者がああああああああああああっ‼」

マクスウェル辺境伯軍の陣地に怒りの叫びが響き渡る。

そのあとのお説教は五時間を超え、生涯で受けた説教の最長記録を更新したのであった。

○　○　○

かくして、ディンギル・マクスウェルは初陣を果たし、王国と帝国にその名を轟かせることになった。

のちにマクスウェルの麒麟児と呼ばれることになる竜は天へと放たれた。

ディンギル・マクスウェルの婚約破棄騒動。

そして、王国と帝国、二つの国の全面戦争が起こる、五年前の出来事である。

AUTHOR: Alto

[著]アルト

婚約破棄をされた悪役令嬢は、すべてを見捨てることにした

あくやくれいじょうはすべてをみすてることにした

こんやくはきをされた

She hates all that de[illegible]sed her.

7年分の"ざまぁ"お届けします。

婚約者である王太子の陰謀により、冤罪で国外追放に処された令嬢・ツェレア。人里に居場所のない彼女は、『魔の森』へと足を踏み入れる。それから七年が経ったある日。ツェレアのもとを、魔王討伐パーティが訪れる。女神の神託によって彼女がパーティの一員に指名され、勧誘にやって来たのだ。しかし、彼女はそれを拒絶し、パーティの一人を痛めつけて送り返す。実はツェレアは女神や魔王と裏で結託しており、神託すらも彼女の企みの一端なのであった。狙うは自分を貶めた王太子の首。悪役にされた令嬢ツェレアの過激な復讐が今始まる——!

◎定価:本体1200円+税　◎ISBN 978-4-434-27234-9　◎Illustration:タムラヨウ

精霊の力を借りて戦う“精霊術師”の少年ニノは、ダンジョンで仲間に見捨てられた。だがそこで偶然、かつて人族と敵対し数百年もの間封印されていた、闇精霊の少女・フィアーと出会い契約することに。闇の力とは対照的に、普通の女の子らしさや優しさも持つフィアー。彼女のおかげでダンジョンから街に帰還したニノは、今度は自らを見捨てたパーティとの確執や、謎の少女による“冒険者殺し”事件に巻き込まれていく。大切な仲間を守るため、ニノは自分の身を顧みず戦いに身を投じるのだった——。

◆定価:本体1200円+税　◆ISBN 978-4-434-27232-5　◆Illustration:あんべよしろう

この作品に対する皆様のご意見・ご感想をお待ちしております。

おハガキ・お手紙は以下の宛先にお送りください。

【宛先】

〒150-6008 東京都渋谷区恵比寿4-20-3 恵比寿ガーデンプレイスタワー 8F
（株）アルファポリス　書籍感想係

メールフォームでのご意見・ご感想は右のＱＲコードから、
あるいは以下のワードで検索をかけてください。

アルファポリス　書籍の感想　検索

ご感想はこちらから

本書はWebサイト「アルファポリス」（https://www.alphapolis.co.jp/）に投稿されたものを、改稿、加筆のうえ、書籍化したものです。

俺《おれ》もクズだが悪《わる》いのはお前《まえ》らだ！

レオナール D

2020年 3月31日初版発行

編集－藤井秀樹・宮本剛・篠木歩
編集長－太田鉄平
発行者－梶本雄介
発行所－株式会社アルファポリス
〒150-6008 東京都渋谷区恵比寿4-20-3 恵比寿ガーデンプレイスタワー8F
TEL 03-6277-1601（営業）　03-6277-1602（編集）
URL https://www.alphapolis.co.jp/
発売元－株式会社星雲社（共同出版社・流通責任出版社）
〒112-0005 東京都文京区水道1-3-30
TEL 03-3868-3275
装丁・本文イラスト－ｔｅｆ
装丁デザイン－AFTERGLOW
印刷－中央精版印刷株式会社

価格はカバーに表示されてあります。

落丁乱丁の場合はアルファポリスまでご連絡ください。

送料は小社負担でお取り替えします。


ISBN978-4-434-27233-2　C0093